Günter Diesel

AF218981

Der Letzte war
ein Gentleman

oder
Rosen vor dem Tod

Kriminalroman

FSC
www.fsc.org

MIX

Papier aus ver-
antwortungsvollen
Quellen

Paper from
responsible sources

FSC® C105338

Günter Diesel

Der Letzte war ein Gentleman
oder
Rosen vor dem Tod

1. Auflage, Oktober 2021
Herstellung und Verlag: BoD – Books on Demand:
Norderststedt, Germany

Umschlagentwurf: G. Diesel
Copyright: Günter Diesel

ISBN 9 783754 346150

Die im Text genannten Personen- und Orts-Namen,
sowie die geschilderten Ereignisse sind frei erfunden.
Namensgleichheiten sind rein zufällig.

Inhalt

In bester Lage

Es geschah in der katholischen Kleinstadt Falkenthal. In der Goethe-Straße. Einer einspurigen, verkehrsberuhigten 30er-Zone-Wohnstraße. Man wohnte dort in respektablen Häusern, die – bis auf den Wildnis-Garten eines Künstlers – von gepflegten Gärten umgeben waren. Die Hausbewohner waren überwiegend Rentner, ehemalige Beamte des Gehobenen Dienstes oder sie waren Angestellte, Unternehmer und Freischaffende.

In der Goethe-Straße wusste man Bescheid über die Nachbarschaft. Man ließ jedoch niemand wissen, dass man über jeden Bescheid wusste. Denn hier gab es kein Getratsche über Nachbarn. Allerdings führten auch sparsam fallen gelassene Bemerkungen in ihrer Summe zu einem informativen Gesamtbild.
Zum „Gedankenaustausch" unter Nachbarn kam es vornehmlich wenn jemand vom Einkaufen zurückkam, beim Hundeausführen oder Samstags, wenn man seinen Wagen nach Gebrauchsspuren inspizierte, man im Vorgarten mal nach dem Rechten sah oder vorm Haus die Garagenzufahrt sauber kehrte.
An den Gesprächen vornehmlich beteiligt waren folgende Personen: Sebastian Schneider (Finanzbeamter), Fred Mattissen (Ingenieur)

mit Frau Ines, Paul Schnittig (Polizeirat a. D), Ivo Slavic (Wurst-Fabrikant) mit Frau Dunja, Dr. Ulrich Kühn (Urologe), Hein Steen (Künstler) mit Frau Greta, ferner die ehemalige Lehrerin Fräulein Elvira Pinzlich. Seltener auch der Unternehmer Axel Blum.

Bis auf das junge Paar Mattissen und die ledig gebliebene Ex-Lehrerin Elvira Pinzlich waren alle anderen Nachbarn mittlerweile von ihren erwachsenen Kindern alleingelassene Ehepaare. Sie wohnten durchweg in längst für zwei Personen zu groß gewordenen Eigenheimen.

Nur ein Haus in der Goethe-Straße passte nicht in die Gebäude-Charakteristik. Es war ein kleines, zum Wohnhaus umgestaltetes ehemaliges Werkstattgebäude. Das Häuschen stand, zurückgesetzt von der Gebäudeflucht, mit etwas Abstand zur Straße. Es war über einen kurzen Fußweg von der Straße aus zugänglich. Der Zugang führte durch Blumenbeete und verlief an einem kleinen Teich entlang.
Das überschaubare, viereinhalb Räume umfassende und nicht vollunterkellerte Kleinhaus gehörte dem nebenan wohnenden Geschäftsmann Alex Blum. Blum hatte das ehemalige Werkstattgebäude wohngerecht saniert. Zu seinem Bedauern gelang es ihm jedoch nicht, langfristig Mieter für das Haus zu finden.

Es war ein Kommen und Gehen von Bewohnern. Nun, der Mietpreis war auch so angelegt, dass die Sanierungskosten sich bald amortisieren sollten.

Ein allein stehender Herr, Mitte 40, interessierte sich schließlich doch für die Wohnung. Axel Blum zögerte nicht lange und vermietete dem jungen Mann die Hütte.
Der Mieter war ruhig, fuhr einen Maserati und schien einer festen Arbeit nachzugehen. Blum war es egal womit der Mann seine Brötchen verdiente, Hauptsache er zahlte.

Niemand in der Nachbarschaft erfuhr etwas über den neuen Mieter. Auch nachdem dieser schon zwei Jahre lang in dem Gebäude wohnte, blieb er seinen Nachbarn fremd. Man bekam ihn nur selten zu Gesicht. Seine Anwesenheit, bzw. die Nutzung des Mietshauses, wurde allenfalls durch sein an der Straße geparktes Auto angezeigt. Gelegentlich sah man den scheuen Mann wenn er tagsüber zur Mülltonne oder am späten Nachmittag zu seinem Wagen ging. Zu einem ortsüblichen, samstäglichen Gedankenaustausch ließ der Mann sich nie hinreißen.

Ivo Slavic begegnete ihm schon mal morgens um sechs, wenn er seinen Deutschen Schäferhund Gassi führte.

Dann stieg der neue Nachbar aus seinem Auto aus und ging ins Haus.

Er hatte eine Glatze, war kräftig gebaut und war stets dunkel gekleidet. Kam der Mann früh morgens von seiner Arbeit?

Ivo grüßte ihn immer freundlich, doch der scheue Maserati-Fahrer grüßte nur knapp zurück und ließ sich nie auf ein Gespräch ein. Kam es unter den Nachbarn zum Gespräch über den Bewohner des kleinen Hauses, bemerkte Slavic nur: „'S ist'n sturer Hund!"

Der fremde Nachbar verließ seine Wohnung also täglich am späten Nachmittag und kam morgens zurück. Bei seinen Nachbarn, die jahrzehntelang ihre Dienste tagsüber zu verrichten hatten, wirkte sein Kommen und Gehen höchst dubios. Arbeitete er wirklich nachts?

Fortdauernd bestand in der Goethe-Straße das dringende Bedürfnis zu erfahren, wer der Mann war und mit wem man es da zu tun hatte. Insbesondere die pensionierte Lehrerin Elvira Pinzlich, von schräg gegenüber der Wohnung des Fremden, hatte höchstes Interesse daran. Als sie mal vom Einkaufen zurückkam, schlich sie sich entlang der Blumenbeete über den Zugang zu dem kleinen Haus um seinen Namen zu erfahren. Auf dem Klingelschild stand „Jo Szurkov". Das genügte ihr aber noch nicht. Beim abendlichen Gassiführen ihres Pinschers wollte sie mehr erfahren. Sie richtete es so ein, dass sie den Moment abpasste als Szurkov auf dem Weg zu seinem Auto war. Sie sprach ihn an, doch er ging mit einem: „N' Abend" an ihr vorbei. Dabei sah sie, dass auf dem Rücken seiner schwarzen Lederjacke so etwas wie ein Firmenlogo prangte. Die gute Elvira trat zwei Schritte vor, um in der Dämmerung sehen zu können was auf der Jacke stand. Vage konnte sie ein Paar in Gold gestickte Adlerschwingen und in großen Buchstaben einen Schriftzug erkennen. Sie entzifferte die Worte „Personal Security".

Über die gewonnenen Informationen setzte sie natürlich alle ihr auf der Straße begegnenden Nachbarn in Kenntnis. Damit löste Frau Pinzlich ein heiteres Beruferaten unter den Straßennachbarn aus.

„Dass der kein Ingenieur ist war mir klar. Dann würde er tagsüber und nicht nachts arbeiten", stellte Mattissen fest. „Nun ja, er wird wohl Nachtwächter sein", meinte Polizeirat Schnittig. „Ich denke, er arbeitet in einer Nachtbar, ist Rausschmeißer oder sowas!", meinte Dr. Kühn. „Ein Nachtwächter oder Rausschmeißer fährt doch keinen Maserati!", bemerkte der Finanzbeamte Sebastian Schneider. „Seinem Namen nach könnte er auch an Geschäften der Balkanmaffia beteiligt sein" vermutete der Stadtverordnete* Ivo Slavic.

* Deutsche Volksunion, DVU

„Ja, ja, jetzt denkt nicht gleich, er wäre kriminell, nur weil er so'ne dekorierte Jacke anhat. Das ist doch „in". Da laufen heute viele mit solchen Firmenlogos auf ihren Klamotten herum", beschwichtigte Hein Steen, der Künstler.

Dass Szurkovs Vermieter, Alex Blum, ein gut situierter Geschäftsmann war, war allseits bekannt. Vor diesem Hintergrund drängte sich bei Fräulein Pinzlich die Frage auf, ob der denn wenigstens sein Geld mit sauberen Geschäften verdiente oder etwa mit dem Szurkov unter einer Decke steckte.

Die Maffia-Bemerkung ließ der Ex-Lehrerin keine Ruhe. Sie passte den Blum ab, als er seinen Porsche in die Garage fahren wollte. Beim Aussteigen sprach sie ihn mit einer flapsigen Bemerkung an: „Eijeijei, Sie haben ja schon einen tollen Flitzer, aber ihr Mieter erst! Einen Maserati! Die Autos dieser beiden Marken werden doch gerne gestohlen. Nun ja, wenn Sie ihren Wagen mal draußen parken, kann ihr Mieter ja auf ihr Auto mitaufpassen."
„Quatsch! Wie kommen Sie denn auf so etwas? Szurkov und mein Auto bewachen! Mein Wagen kommt jeden Abend in die Garage. Und Herr Szurkov hat wohl was Besseres zu tun als für mich den billigen Wachhund zu spielen.

Der Mann ist erfolgreicher Unternehmer, Selbstständiger, Chef einer Security Firma!", antwortete Blum barsch.

Zur Klärung der brennenden Frage „Wer ist Jo Szurkov" bedurfte es der koordinierten Beobachtung seitens seiner engeren Nachbarn.

Das Straßen-Komitee

Nach drei Monaten Vermietung stellte Blum wohl fest, dass sich bei Jo Szurkovs Mietzahlungen Unregelmäßigkeiten einstellten. Brachte das Security-Geschäft für den Maserati und die Miete seines exklusiven Bungalows zusammen nicht mehr genug Moneten ein? Für ein Häuschen, in dem Jo nur wenige Stunden am Tag wohnte, musste er ja eine gesalzene Miete zahlen. War's zuviel Miete für den einsamen Jo?

Offenbar kam dem Security-Mann die Idee einer Mietkostenteilung. Er holte sich Untermieter ins Haus, und zwar junge Damen. Die Damen waren immer attraktiv und ansprechend gekleidet. Szurkov selbst erschien tagsüber kaum noch auf der Bildfläche. Allerdings hatte es den Anschein, als sei er bei seinen Untermieterinnen sehr wählerisch gewesen.

Denn die Nachbarschafts-Interessen-Gruppe beobachtete, daß die Damenbesetzungen häufig wechselten.

Dann gab es aber auch Personen, deren Gang durch die Wiese von mehr Erfolg gekrönt war. Täglich ging eine Handvoll Herren, dem Anschein nach sehr willkommen, in dem Haus ein und aus. Für sie öffnete sich die gläserne Haustür wie von Elfenhand!
Das Ehepaar Steen wohnte dem besucherfreundlichen Häuschen vis-à-vis gegenüber. Die vielen Besucher irritierten sie. Sie registrierten zunehmenden Auto- und Parksuchverkehr. Das führte bei Greta Steen schließlich zum Fallzahlzählen.
Aber auch Frau Pinzlich und dem direkt neben dem Häuschen wohnenden Sebastian Steinbiss blieben die Verkehrsbewegungen nicht verborgen. Klar, dass beim „Gedankenaustausch" der Nachbarn die eigenartigen Verkehrsbewegungen zum beherrschenden Thema wurden.

Ergebnis war, dass das Nachbarschafts-Komitee bald einen beunruhigenden Verdacht schöpfte! Hatte der Szurkov klammheimlich ein Freudenhaus eingerichtet? Etwa mit Blums Segen?
Als Hein Steen samstags die Straßenrinne kehrte und Blum freundlich „Gunn Dach"-sagend vorbeifuhr, fragte er den Vermieter, ob

er wisse, was in seinem Mietshaus vorgehe. Dort würden seit vier Monaten wechselnd Frauen als Untermieterinnen wohnen. Sein Mieter Szurkov hätte in der Wohnung einen Puff eingerichtet.
Blum beteuerte, dass er davon nichts wisse. Er hätte nichts bemerkt, was darauf hindeuten könne. Hein schilderte ihm, welche Verkehrsbewegungen sich täglich vor seinem Mietshaus abspielten. Darauf lachte Blum nur: „Ach, da kann ich ja mal rübergehen." Er fügte jedoch scherzend hinzu, dass darin wohl der Grund läge, dass Szurkov endlich wieder regelmäßig seine Miete zahlen könne.

Der schräg gegenüber dem Etablissement wohnende Paul Schnittig kam aufgeregt zu Heins Gespräch mit Blum hinzu und machte ihm klar, daß die Goethe-Straße keine Puff-Straße werden dürfe. Das führe zu einer Milieu-Verschlechterung mit der Folge von Haus- und Grundstücksentwertungen. Gegen eine solche Entwicklung im „Reinen Wohngebiet" würden er und alle Nachbarn baurechtlich vorgehen.
Die Hinweise von Hein Steen und Schnittig blieben folgenlos! Tagein, tagaus fuhren Autos vor. Sie blockierten die enge Wohnstraße. Männer stiegen aus, gingen in die gläserne Tür des Häuschens hinein, hielten sich eine halbe Stunde darin auf und gingen zu ihren Wagen zurück.

13

Sie gaben sich sozusagen die Türklinge in die Hand. Wo kamen nur die vielen Männer her und woher wussten sie, dass in der Goethe-Straße Liebesdienste angeboten wurden? Gab es eine Internet-Werbung?

Bei Ehepaar Steen war über Ostern ihre fast erwachsene Nichte zu Besuch. Sie beobachtete, dass immer mal Leute aus der Nachbarschaft vorm Haus auf dem Gehweg standen, sich kopfschüttelnd und mit Handbewegungen zu dem Häuschen weisend unterhielten. Natürlich blieb ihr nicht verborgen dass in dem kleinen Haus Männer ein und aus gingen. Sie machte sich ihren Reim darauf und als sie zu ihrer Tante Greta sagte: „Gelt, dort ist ein Puff?", tat diese überrascht, zog die Augenbrauen hoch, sagte aber kein Wort dazu.
Keine Antwort war auch eine Antwort! Der Teenager lag während seiner Besuchszeit fortan am Fenster hinter den Gardinen und gab Kommentare über die Freier ab. Am Ende ermunterte Greta ihre Nichte dazu alles zu protokollieren. „Wer weiß, wozu wir das noch brauchen", meinte sie.

Als Mattissen abends von einer Baukontrolle zurückkam, konnte er den Szurkov abpassen.
Er stellte ihn zur Rede: „Sagen Sie mal, da haben Sie ja ständig andere Frauen in ihrer

Wohnung. Sind sie Film- oder Werbeagent? Machen Sie Casting-Shows? Oder drehen Sie etwa Porno-Filme in ihrer Wohnung?"
Laut und aufgebracht entgegnete ihm Szurkov: „Was erlaubst Du dir? Pornofilme! Du spinnst ja! Ich bin Inhaber eines Unternehmens für Sicherheit und Unterhaltung. Biete soziale Dienste an. Ich engagiere junge Ausländerinnen, die in Deutschland arbeiten wollen. Alles Mädchen aus armen Verhältnissen. Ich gebe ihnen solange Unterkunft, bis sie bei mir arbeiten können oder einen anderen Job gefunden haben."

Mattissen teilte Szurkovs Erklärung allen Nachbarn mit. Ivo Slavic sagte: „Ich wusste es! Der Szurkov ist nicht sauber. Wenn der klammheimlich Ausländerinnen hierherholt, dann zeige ich den Kerl wegen Mithilfe zur illegalen Einwanderung an. Und wie ist es eigentlich mit ihm selbst? Wo kommt er denn her? Der Sittenstrolch. Der ist doch wohl selbst schon illegal hierher gekommen. Jetzt zieht der Schleuser noch ausländische Flittchen nach! So einer Entwicklung muss Einhalt geboten werden. Ich muss da was unternehmen!"

Frau Pinzlich hörte die Einlassungen des Stadtverordneten und war außer sich. Sie fürchtete Maffia-Schlepperbanden und Clanstrukturen könnten ihre Straße übernehmen.

Mit den ärgsten Vorstellungen im Kopf lief sie zu Blums Haus und klingelte. Als Frau Blum die Tür öffnete, erzählte Fräulein Elvira ihr von der Existenz des Puffs. Und ihr Mieter Szurkov würde Menschenschmuggel betreiben. Jeder wüsste es. Alle Nachbarn wären in größter Sorge ihre Straße könne sich zum anrüchigen Kietz entwickeln. Zur Flaniermeile für Puffschleicher.

Frau Blum war geschockt! Sofort stellte sie ihren Mann zur Rede. Doch der beteuerte abermals er wisse nichts von einem Puff. Und die Pinzlich hätte sowieso eine an der Waffel. Die alte Jungfer wisse doch gar nicht, was ein Freudenhaus sei.

In der fünften Woche schien Szurkov dem Sexgewerbe ein Ende machen zu wollen.

An einem frühen Montagmorgen zog die zuletzt tätige Untermieterin aus. Zu ihr waren nur noch wenige Freier gekommen. Hatte sie nicht viel Zuspruch? Bekam sie deshalb von ihrem „Obdachgeber" einen branchentypischen Rüffel? Oder hatte Szurkov wegen einer Puff-Flaute seine Aktivitäten im „sozialen Geschäft" heruntergefahren und die Internetwerbung eingestellt?

Expansion

Scheinbar suchte Szurkov stattdessen nur eine ertragseffizientere Dienstleisterin. Denn, eine Woche, in der kein Leben mehr in den Gemächern war, hielt eine Taxe vor dem kleinen Haus. Eine junge Dame mit asiatischem Aussehen stieg aus und ging ins Haus. Sie war eine äußerst adrette Erscheinung. Sie hatte lange, schwarze, glänzende Locken, eine milchkaffee-braune Haut und war luftig in weiß und rosa gekleidet. Von Szurkov hatte sie wohl den Hausschlüssel schon erhalten. Er war nicht zu sehen, hatte aber den Neuzugang bestens organisiert.
Anders als alle ihr vorangegangenen Damen bat die zarte Frau den Taxifahrer, ihren großen Koffer bis ins Haus zu bugsieren.

Schon am Tag darauf lief das Geschäft wie geschmiert. Herren aller Altersklassen und sozialen Schichten trafen ein. Männer von 18 bis 80 Jahren fanden den Weg in das Mietshaus von Herrn Blum.

Die Anzahl der Besuche steigerte sich von Tag zu Tag. Die Herren kamen mit eigenen Wagen oder per Taxe. Sie kamen in unauffälligen Alltagskleidern, im Trainingsanzug, im Blaumann, in schwarz-weiß mit Schlips und im orangenen Overall.

Ein junger Mann – kaum über 20 – legte die zwölf Meter durch den Vorgarten im Tempo eines Joggers zurück. Ein anderer schlenderte mit geschwellter Brust in roten Shorts und gelbem T-Shirt hinein.

Es gab welche, die im eigenen Wagen anfuhren und sich suchend nach dem Freudenhäuschen umschauten. Verunsicherte Typen wendeten ihren Wagen und kehrten nochmal um. Hatte ihr NAVY Probleme bei der Adressensuche oder fanden sie keinen Parkplatz? Und dann gab es noch die, die ihr Auto hinter der Straßenecke versteckten und zu Fuß zum Date geschlichen kamen. Dabei liefen einige suchend auf dem Gehweg hin und her. Oder gingen an dem zurückstehenden Haus vorbei.

Als ein Freier, der etwas unsicher um sich schaute, auf die Freudenhaustür zuging, trat Hein Steen vor sein Haus und rief diagonal über die Straße dem Ivo Slavic zu: „Das ist für heute der Zwölfte!" Ertappt wie ein Dieb drehte sich der Mann um und eilte zurück zu seinem Wagen. „So peinlich hättest du den liebe-suchenden Mann nun auch nicht bloßzustellen brauchen", schimpfte Greta mit ihrem Mann. Andere Freier ließen sich durch Heins Provo-kationen nicht beeindrucken. Sie schauten über die Schulter zurück, machten einen Stinkefinger und beschleunigten ihre Schritte in Richtung Liebeshütteneingang.

Als Elvira Pinzlich einmal mit ihrem kleinen Hund spazierenging, sprach sie ein entnervter Freier an: „Jetzt bin ich 46 Kilometer bis hierhin gefahren und finde das Haus nicht. Ist denn hier überhaupt ein P...?" Er brauchte die Frage nicht zu beenden. Elvira sagte, obwohl sie die Sache nicht unterstützen wollte: „Sie stehen davor."

Kein Wunder, an dem Puff blieben die Rollläden an den Fenstern zur Straße hin, bis auf einen handbreiten Spalt, tagsüber geschlossen. Für Zweifler sah es so aus, als sei die Hütte unbewohnt.

Zur Herbeiführung eines reibungslosen Verkehrs auf der Straße und im Etablissement wollte Hein, der Künstler, ein Hinweisschild mit der Aufschrift „Zum Puff" malen.

Die Straßenaufsicht äußerte jedoch allergrößte Bedenken. Wenn man die Existenz eines Freudenhauses in dieser Art und Weise deutlich mache, würde ihre Straße geradezu öffentlich als Puffstraße gelten. Und worauf das in Sicht auf die Werte der Liegenschaften hinausliefe, das könne er sich doch vorstellen. Schließlich ließ Hein die Idee mit dem Schild fallen.

Akribische Beobachtungen

Greta Steen konnte von ihrem Küchenfenster aus gut beobachten, was auf der Straße vor sich ging. Sie war bemüht, nichts zu verpassen. Sie hielt sich außergewöhnlich oft und länger als notwendig in der Küche auf. Man konnte denken, sie freue sich darüber, dass endlich in ihrer Straße mal was los war. Bewegte sich jemand auf dem Gehweg vor ihrem Fenster oder stoppte ein Auto, war sie hellwach.

Sie führte Strichlisten und notierte nach Möglichkeit die Zeit und die Kennzeichen der Wagen der Männer die sich auf dem Weg in den Puff machten. So erhielt sie anhand der Kennzeichen einen groben geographischen Überblick über die Heimatregionen der Besucher. Auch die Herkunft der Taxen fand selbstverständlich auf der Strichliste Beachtung!

Die jeweils neu zugegangene Liebesdienerin öffnete ihren Kunden meist nur einen schmalen Türspalt, durch den die Männer ins Haus schlüpften. Dabei schob sie den Vorhang hinter der großflächigen Glastür zur Seite und man konnte erkennen, dass sie im knappen rosa Body hinter der Türe stand. Dann öffnete sich hinter der Glastür allen Kunden ein in warmes Rot getauchtes Liebesnest.

Die Besuchs-Intervalle schwankten zwischen einer halben und einer dreiviertel Stunde. Lieferanten kamen nie ins Haus. Wie ihre Vorgängerinnen ließ auch die thailändische Liebesdienerin ihre Essenlieferungen vor der Türe abstellen.

Wenn die Verpackung zerpflückt war, verweigerte die Empfängerin die Annahme. Standen die Portionen über Nacht vor der Tür, war, wie von Geisterhand geschehen, am nächsten Vormittag nichts mehr davon da!

Kühns Katze versuchte gelegentlich die Essensbehälter zu öffnen, doch sie war dabei nicht sehr erfolgreich. Beim morgendlichen Rundgang machte Ivos Hund auf das Heinzelmännchen, das für reinen Hauseingang sorgte, aufmerksam. Es war ein Fuchs! „Gott, das auch noch! Wenn sich das ’rumspricht! Eine Puffstraße, in der auch noch tollwütige Füchse rumstromern", polterte der Schäferhundbesitzer.

Slavic Worte bekam eine gerade ihren Pinscher ausführende Hundebesitzerin mit. Elvira Pinzlich schnappte „tollwütige Füchse" auf und fragte aufgeregt: „Wo? Wo sind tollwütige Füchse? Oh Gott, mein Hund!" Slavic beruhigte sie schnell: „Keine Angst, Frau Nachbarin. Mit den Füchsen meinte ich die Puffgänger, die immer noch da rumschleichen. Ich wollte, das würde endlich aufhören."

21

Er lenkte vom Fuchs ab, da er fürchtete durch die mitteilsame Pinzlich würde am Ende ein Gerede über „Fuchs-Tollwut in der Puffstraße" die Runde machen. Ohne dass die vielen Interventionen der Nachbarn bei Blum gefruchtet hätten, ging das Kommen und Gehen ortsfremder Herren weiter. Eines Abends fand wieder eine Gehwegsitzung des Komitees statt. Greta Steen gab das Ergebnis ihrer Beobachtungen bekannt. Bei ihrer Kennzeichennotierung stellte sie fest, dass Wagen aus größerer Entfernung angefahren kamen. Ein paar kamen sogar aus fast 100 km Entfernung angereist. Größtes Erstaunen löste jedoch die Bekanntgabe der bis dato höchsten täglichen Freier-Besuchs-Rate aus. Es seien 15 gewesen. Paul Schnittig behauptete sogar, maximal habe er 18 Kerle gezählt!

Die anwesenden Damen Mattissen, Schnittig und Pinzlich bezweifelten das. Sowas gäbe es nur bei Vergewaltigungen.

Freiwillig könne eine Frau das nie leisten. Auch nicht für Geld. „Doch", sagte Slavic, „Ich habe auch mal 12 Freier an einem Tag gezählt."

Fräulein Pinzlich flüsterte halblaut: „Männer! Was sind das doch für Schweine!"

Hein hörte es und sagte locker: „Die Männer, die da reingehen, wissen doch nicht, der Wievielte sie sind. Manche würden umdrehen, wenn sie das wüssten. Aber die Dame da drin weiß es.

Sie vermerkt doch immer mit Freude die hohe Zahl derer, die Geld aufs Bett gelegt haben. Ihre Raffgier siegt offenbar über ihre körperlichen Grenzen." Elvira Pinzlich meinte: „Die wird das doch wohl nicht mit Vergnügen tun. Der Szurkov wird sie dazu zwingen. Der ist ein Mann, und er ist ein übler Zuhälter!"

Else Schnittig stöhnte: „Ja. Und das alles bei uns! In unserer Straße! Mensch, gibt es denn in der Region keinen anderen Puff, wo die hingehen können!"

„Und da kommen bestimmt noch einige über die Grenze hierher. Aus Frankreich. Dort sind Puffs doch verboten", bemerkte Ivo Slavic.

Folgeprobleme

In der schmalen Goethe-Straße waren Parkmöglichkeiten schon immer rar. Mittlerweile gehörten zu jedem Haus fast drei Autos, aber trotz des höheren Platzbedarfs wurde die Straße in ihrer Breite nie angepasst. Andererseits wäre das auch kaum möglich gewesen, weil keiner der Anlieger etwas von seinem Vorgarten abgeben wollte. Alle parkten ihre Zweitwagen halb auf dem Gehweg und halb auf der Straße. So blieb gerade noch eine wagenbreite Durchfahrt offen. Und nun kamen die ortskundigen Freier und blockierten nicht nur die Anwohnerstellplätze, sondern verengten die Straße noch mehr. Sie stellten (ganz vorschriftsmäßig!) ihre Autos vollständig auf der Straße ab. Das vorschriftsmäßige Verhalten führte regelmäßig zu Verkehrsbehinderungen und lauten Rufen der Anwohner „Welcher Idiot hat denn sein Auto hierhin gestellt?"

Bei der Parkplatzsuche eines Freiers wurde der Wagen von Finanzrat a. D. Schneider touchiert. Schneider stellte fest, dass der Seitenspiegel seines Wagens umgeknickt und das Spiegelglas zersplittert war! Sofort machte er wegen Sachbeschädigung mit Fahrerflucht bei der örtlichen Polizei Meldung. Er bat den Beamten Uwe Backes, der Sache zügig nachzugehen.
Backes fragte: „Wo stand denn ihr Wagen, als das passierte?"
„Halb auf dem Gehweg, wie alle Autos, die wegen der engen Straße dort so stehen müssen."
Der Beamte sagte: „Ich nehme an, dass Sie den Täter nicht gesehen haben und das sein Auto-Kennzeichen nicht notiert haben. Wenn das so ist, kann ich in Sachen Spiegel nichts unternehmen. Da Sie jedoch halb auf dem Gehweg geparkt hatten, was unzulässig ist, muss ich ihnen ein Bußgeld verpassen!"
Sebastian Schneider polterte zornig: „Anstatt dass Sie gegen das Puff in unserer Straße vorgehen und den in der 30-Zone durch das Puff

verursachten rücksichtslosen Besucherverkehr überwachen, bestrafen Sie die geschädigten Anwohner. Ich werde Sie wegen Untätigkeit anzeigen." Gelassen sagte Backes: „Da müssten wir zuerst mal eine Verkehrszählung machen, und von einem Puff ist uns nichts gemeldet worden."

Die Spiegelsache verlief schließlich im Sande. Schwerwiegender war der Fall mit der Müllabfuhr. Durch das ordnungsgemäße Handeln eines Freiers kam es zur Karambolage. Der Mann hatte sein Auto nicht halb auf den Gehweg halb auf der Straße geparkt, sondern in voller Breite am Straßenrand.

Kurt Schwarz, der Fahrer des Müllfahrzeugs, sah die Engstelle und vermutete, dass er da nicht durchkommen könne. Er hupte und hupte. Es tat sich nichts, nur Frau Pinzlichs Pinscher tobte bellend auf der Fensterbank hinter der Gardine herum. Die Frau trat aus dem Haus und schimpfte: „Hören Sie auf mit dem ohrenbetäubenden Lärm. Da wird mein Hund ja verrückt!"

Kurt lehnte sich aus dem Fahrzeugfenster und rief ihr zu: „Was geht mich ihr Köter an! Ich komme nicht weiter und muss noch hunderte Tonnen entleeren!"

Dann fuhr er langsam an die Stoßstange des geparkten Fahrzeugs heran. Er wollte es mit der Stange seines LKWs etwas zur Seite schieben. Er dachte wohl an die zehn Zentimeter Abstand, die ordnungsgemäß ge-parkte Wagen vom Randstein einhalten sollten. Dem war aber nicht so. Das Auto stand schon an der Rinnstein-Kante. Es krachte und die Plastikbegrenzung des Wagens zerbrach in mehrere Teile.

Elvira Pinzlich kam aus ihrer Wohnung gestürmt und rief: „Das haben Sie jetzt davon, Sie Grobian." „Ist ja gut, liebe Frau. Sagen sie mir besser, wem das Auto gehört?", fragte Kurt.
„Ach, bei aller Unflätigkeit ihrerseits, der Fahrer ist einer, dem Sie eigentlich zu Recht mal an die Karre gefahren sind." „Was soll das denn jetzt?", stutzte Kurt. „Wäre der Kerl nicht in den Puff gegangen, hätte er jetzt auch keinen Schaden am Auto!"
„Ins Puff? Wo ist denn das?"
„Da, in dem kleinen Haus dort. Da kommen Sie aber nur mit Termin rein."
„So? Wollen wir doch mal sehen!"
Kurt Schwarz ging mit seinen beiden orange gekleideten Müllwerkern zur Glastür.
Er klingelte. Niemand öffnete.

Da trat einer der Müllwerker vor seinen Chef, und sagte: „Lassen Sie mich mal."

Er presste seinen Daumen dauerhaft auf den Klingelknopf und trat mehrmals fest gegen die Glastür.

Sein Chef stoppte ihn mit: „Hör auf, sonst geht die Glastür auch noch kaputt!"

In dem Moment nahmen sie eine äußerst spärlich bekleidete Frau hinter der Türe wahr. Den Müllwerkern entfuhr ein anerkennendes „Üj-jui-jui", doch die begeisternde Erscheinung verflüchtigte sich augenblicklich. Hatte sie das geballte Gefahren-Orange vor der Türe abgeschreckt? Der Müllchef rief ihr laut nach: „Wir wollen nur wissen, wem das Auto da vorne gehört. Es ist beschädigt worden."

Es dauerte ein paar Minuten, bis ein etwas verunsicherter Mann vor die Tür trat und ohne Zeit zu verlieren an Schwarz vorbei zu seinem Wagen eilte. Kurt stoppte ihn: „Ist das Ihr Auto? Daran habe ich die Stoßstange kaputt gefahren." Der Freier des fleißigen Fräuleins sah sich den Schaden an seinem Wagen und am Mülllaster an. Dann meinte er: „Lassen Sie mal. Meinen repariere ich selbst. Ich hab 'ne Kfz-Werkstatt und die Stoßstange dieses Modells habe ich noch im Lager. An ihrem LKW ist ja nichts, da brauchen wir keine Polizei. Notieren Sie auch mein Kennzeichen nicht. Keinen Namen, keine Versicherung. Und erzählen Sie niemandem, wo das passiert ist!"

Kurt Schwarz setzte seinen LKW ein Stück zurück und der Unbekannte hatte es eilig davonzufahren.

Das hinter dem von Szurkov gemietetem Haus liegende Gartenstück hatte eine gemeinsame Grenze mit dem Garten des Urologen Dr. Kühn.

Das Ehepaar Kühn berichtete, es sei ihnen regelrecht vergällt, auf ihrer gepflegten Gartenterrasse Kaffe zu trinken. Eindeutig zuzuordnendes Gestöhne und Gejuchzte dränge aus den offenstehenden rückwärtigen Fenstern des Nachbargebäudes zu ihnen herüber. Das würde ihre Unterhaltung doch sehr stören.

Dunja Slavic, die ein Haus weiter wohnte, bestätigte, dass sie solche Töne beim Wäscheaufhängen auch gehört habe, sie habe aber gedacht das Gejammer verursache Kühns sich mit Blums Kater paarende Katze.

Derweil ließ Hein Steen nicht davon ab, ab und zu vor sein Haus zu treten und diagonal über die Straße zu rufen, dass der so-und-sovielte grade Freier angekommen sei. Besonders die Komitee-Frauen beobachteten das Kommen und Gehen aufs Aufmerksamste. Es beschäftigte sie die Frage: „Welche Männer gehen denn zu so einer?" Die Pinzlich vermisste zwar beim Spionieren der Nachbarinnen den „Fehlenden Respekt vor der Privatsphäre", aber auch ihr entging nichts.

Gegen Nachmittag gönnte sich Elvira dann doch eine Auszeit. Sie musste noch das 20%-Sale-Angebot für Yoghurt im nahen Shopping-Center wahrnehmen. Im Lift des Centers empfand sie, dass ihre Privatsphäre respektlos bedroht wurde! Stand doch der Freier, der sie mal nach dem Puff gefragt hatte, hautnah neben ihr in der Lift-Kabine! Dann sagte der noch: „Kennen wir uns nicht von dem Haus in Falkenthal?" Mit äußerster Konzentration gelang es ihr, die Kontenance zu wahren und bei einem ungeplanten Stopp auszusteigen.

Derweil sah Hein in der Goethe-Straße, wie ein Freier minutenlang unruhig vor dem Etablissement stand. Als der Freier bemerkte dass er beobachtet wurde, schien es Hein, als fühlte er sich wie ein peinlich ertappter Sittenstrolch. Hein rief: „Nur zu." Da gab der Zaudernde sich einen Ruck und ging schleunigst auf die verheißende Tür zu. Er klingelte. Die Tür ging einen breiten Spalt auf und die begehrte Maid war nochmal einen Moment lang zu sehen. Der neue Sexkonsument wollte an ihr vorbei ins Haus stürmen, doch er prallte mit seinem entgegenkommenden Vorgänger zusammen. Der sagte zu ihm: „Langsam, langsam, Kumpel. Lass die Kleine erst mal Luft holen, bevor du an die Reihe kommst."

Greta Steen befürchtete, einer „dieser Männer" könnte sich mal in der Hausnummer irren und bei ihr läuten.

Kaum sorgte sie sich, klingelte tatsächlich einer bei ihr! Kurz vor ihrer Ohnmacht konnte sie ihm noch einen Fingerzeig in die richtige Richtung geben und die Tür zuknallen.

Nach Tagen individueller Beobachtungen machte sich bei der Puffanwohnerschaft das Bedürfnis nach Übersicht in den Beobachtungen breit. Es kam zu einer spontanen Versammlung auf dem Gehweg gegenüber dem Etablissement. Bei der großen Fülle von Gesprächsstoff sahen sich drei Teilnehmer veranlasst, ein Campingtisch und diverse Sitzmöbel für die Runde auf dem Gehweg bereitzustellen.

Die „Verkehrs"-Beobachtungen wurden, bei Bier und Wein, fröhlich bis Mitternacht erörtert. Das machte offenbar soviel Freude, dass ein Nachbar vorschlug solche Gehwegsitzungen öfter zu veranstalten. Ja, Treffen dieser Art sogar zu einem jährlichen Straßenfest auszuweiten. Ein Gedenktag, an dem der Puff-Spuk zu Ende gegangen sei, einzurichten.

Während der Sitzung verkündete Hein dass er die aparte Frau nackt hinter der Glastür gesehen habe. „Die hat eine tolle Figur. Die möchte ich gerne mal malen!", schwärmte er.

Sebastian Schneider bemerkte lachend: „Schau, schau! Der Herr Künstler! Geh doch mal hin. Mal sehen, ob's beim Malen bleibt?"

Paul Schnittig empfahl: „Mach doch mal Body-Painting bei ihr." und Ivo Slavic ergänzte: „Zerbrech dir aber nicht den Pinsel!"
Heins Frau Greta reckte sich prompt vom Stuhl hoch: „Waaag' dich! Wenn du da 'reingehst, dann kannst du gerade dort bleiben!"

IT-Recherchen

Nun war die erfolgreiche Liebesdienerin schon drei Wochen im Geschäft, aber niemand wusste Näheres über sie. Das allgemeine Interesse an ihr wurde zur brennenden Neugierde. Was hatte sie, was ihre nur kurze Zeit am Ort aktiven Vorgängerinnen nicht hatten oder nicht anbieten konnten?
Schneider fragte in die Runde: „Wie kommen die Besucher überhaupt darauf, dass in unserer Straße ein Puff ist?" Dr. Kühn bemerkte: „Liebesdienerinnen machen im Internet doch massenhaft Werbung. So wird es hier wohl auch sein."
„Ach, Sie schauen im Internet nach sowas?", frotzelte Dunja Slavic. „Hab ich nicht nötig", war seine knappe Antwort.

Alle Mitglieder des Komitees recherchierten im Internet eifrig nach Infos über das Angebot Sex anbietender Damen. Unter den Stichwörtern: Puff, Bordell, Hostessen-Service, Hausfrauensex und der Hausnummer gab es keine Ergebnisse.

Bis Ines Mattissen das Service-Angebot einer Thailänderin namens Lee Lotos gefunden hatte. Unter diesem Namen fand sie eine umfassende Profiwerbung mit dem ansprechenden Bild einer leicht bekleideten, exotisch drapierten jungen Frau. Ines druckte die komplette Werbung aus und verteilte sie an das Komitee.

Angeboten wurde: Thaimädchen, Anfang 20, 1,63m, Oberw. 72 cm, Typ asiatisch, KF 34, 45 kg, Ganztags besuchbar, Haus -/ Hotelbesuche, total rasiert, dunkle rückenlange glatte Haare, Augen braun, helle Haut. Komplett-Angebot: GV, Franz. bei ihr, Franz. beidseitig, GF6, Av, Ds, Za, Fa, AN- und erot. Massagen, GB passiv, EL Finger- und Dom. Biz.-Spielchen, Softbizarr FS usw.!

Es folgte eine Diskussion über die Zulässigkeit von Gewerbe im 'Reinen Wohngebiet'. Man fragte sich: „Wer, was ist dort illegal? Dürfen Freiberufler hier ihren Geschäften nachgehen? Ist Lotos Freiberuflerin?"

Ivo Slavic, der sich nach eigenen Angaben im öffentlichen Recht gut auskannte, sagte: „Nein! Ich mache Meldung an die Ortspolizei-Behörde!" Ohne Zeit zu verlieren, ging er zum Ordnungsamt und gab dem Beamten Felix Becker die Kopie des Internetauszugs. Becker teilte ihm mit: „Sowas hatten wir schon einmal. Wir werden umgehend etwas unternehmen."

Kurze Zeit später stand Paul Schnittig auf dem Gehweg als Axel Blum freundlich lächelnd vorbeikam. Paul rief ihm zu: „'Hast offenbar gut Lachen. Der Puff bringt wohl gutes Geld ein?"
Blum ließ sich am Weitergehen nicht hindern. Er beteuerte nur nochmals, daß er von dem, was in seinem vermieteten Haus geschehe, keine Ahnung habe. Nach zehn Metern drehte Blum sich jedoch um und rief: „Ich bin doch kein Puffinhaber! Ich bin gerade auf dem Weg zur Ortspolizei, um denen zu versichern, dass es kein Freudenhaus in der Goethe-Straße gibt."

Ahnte Blum, dass Slavic auf dem Amt schon die Meldung des Puffs gemacht hatte. Wollte der Puff-Vermieter mit seiner gegenteiligen Meldung einer Ortskontrolle vorbeugen? War das nicht ein Eingeständnis, dass er von dem Puff wusste?
Auf dem Amt wurde ihm eine Kopie von Fräulein Lotos PC-Werbung vorgehalten.

Mit ungespieltem Erstaunen las er das Komplett-Angebot der Sexexpertin. Das detailreiche Papier dokumentierte ihm, dass in seinem Mietshaus Sex angeboten wurde. Er konnte die illegale Wohnungsnutzung nicht mehr leugnen und räumte die Vernachlässigung seiner Eigentümerpflichten ein. Er versicherte der Behörde, daß er seinem Mieter kündigen wolle und damit die sittenwidrige Nutzung des Hauses enden würde.

Der Mieter und „Unternehmer" Jo Szurkov kam ungewöhnlicherweise gegen Nachmittag zu seiner dubiosen Nebenverdienststätte.
Er bemerkte, dass vier Personen ihn beobachteten. Ahnte er, daß etwas gegen sein im Nebenerwerb betriebenes Bordell in der Luft lag? Jo ging zu den Vieren und gab folgende Erklärung ab: „Ich habe allen Frauen, die in meiner Wohnung lebten, nur solange Obdach gegeben, bis sie in meinem Unternehmen mit der Arbeit beginnen konnten."
Fred Mattissen hielt ihm die Kopie des Service-Angebotes aus dem Internet unter die Nase. und sagte zu dem fürsorglichen Unternehmer: „Frau Lotos, die jetzt in ihrer Wohnung ist, hat doch hier vor Wochen schon längst ihre ‚Arbeit' erfolgreich aufgenommen!"
Szurkov schaute auf das Internet-Dokument und knurrte: „Na und, das ist auch Arbeit".

Dann drehte er sich wortlos um und ging in seine Wohnung. Nach einer Stunde verließ er nochmal das Haus und fuhr auspuffknallend mit seinem Maserati an den versammelten Sittenwächtern vorbei durch die enge Straße.

Elvira Pinzlich, die gerade mit ihrem Pinscher an der Leine zum Komitee stoßen wollte, wurde beinahe von ihrem Hund umgerissen. Der kleine Kläffer tat so, als wolle er dem Maserati ins Heck beißen.
Steen begrüßte Elvira mit den Worten: „Sehen Sie, der Szurkov ist nur zum Abkassieren gekommen. Er steckt sich alles ein, was der süßen Lotos-Blume aufs Bett gelegt wurde und bringt das unsittlich erworbene Geld noch steuerfrei zur Bank. Danach fährt er zu seiner Firma, wo er wohl noch mehr Blütenerträge einsammelt."
„Es sieht so aus, als wären Sie noch neidisch auf das Geld aus so'ner Frauen-Ausbeuterei. Ich dachte immer Künstler, seien Humanisten", hielt sie ihm entgegen.

Eine neue Woche begann. Bei der neugierigen Nachbarschaft ebbte das Interesse an den Puffbeobachtungen langsam ab. Das Komitee vertraute wohl darauf, daß die Ortspolizeibehörde dem illegalen Geschäftstreiben in Kürze ein Ende setzen würde.

35

Von allen unbeobachtet blieb das Geschehen jedoch nicht. Der am Ball bleibende ehemalige Polizeirat Schnittig konstatierte einen sonderbaren Vorfall.

Man wusste ja, dass Lotos ihre Freier nie lange vor der Tür stehen ließ. Das deutete darauf hin, dass die zügige Türöffnung das Ergebnis punktgenau getakteter Terminabsprachen war. Schnittig führte das davon abweichende Geschehen darauf zurück, dass die Hausdame durch das Glas der Haustür etwas Unwillkommenes sah.

Das aparte thailändische Fräulein zögerte nämlich in diesem Fall lange beim Kundenhereinlassen. Diesmal hatte sie den Termin mit einem ausgesprochen adipösen Freier vereinbart. Nun stand der Mann vor der Tür. Er klingelte mehrmals, doch niemand öffnete.

Hatte seine Date-Partnerin vielleicht Body-Scanning durch die Glastür gemacht? Kam die zierliche Dame zu dem Schluss, so einem Pfundskerl sei sie nicht gewachsen? Befürchtete sie, sie habe bei ihrem Angebot einer für sie zu riskanten Servicedienstleistung zugestimmt? Etwa Softbizarr oder „GB passiv"?

Der Kerl nahm natürlich wahr, dass sich hinter der Glastür jemand bewegte. Also klingelte er solange, bis die Türe sich öffnete.

Nun stand Lotos vor einem Dilemma. Bei dem Angebot, das sie ins Netz gestellt hatte, gab es ja keine zusagenausschließenden Gewichtsvorgaben. Sie ließ den korpulenten Herrn wohl gezwungenermaßen ins Haus. Sehr wahrscheinlich entschloss sie sich zuvor, das doppelte Honorar zu verlangen.

Der Gewichtige verweilte noch in der Lusthütte, als der nächste Freier schon vor der Tür stand. Er war mit einem Wohnmobil vorgefahren, war im Rentneralter, war von hagerer Statur, zog das rechte Bein etwas nach und schlurfte in Hausschuhen zur Tür. Als der Dicke sein Rendez vous beendet hatte und aus der Tür trat, sagte er laut vernehmlich zu dem Wohnmobilfahrer: „Da bekommst du was für dein Geld! Auch wenn du dick bist oder nicht mehr gut auf den Beinen stehst!"

Auch dienstags war das Komitee-Interesse an der Zahl und am Auftreten der Kundschaft eher beiläufig. Außer einer zufälligen Beobachtung von Greta Steen. Sie vermerkte das Erscheinen eines älteren Herrn, der ihr besonders ins Auge fiel. Der Mann war gut gekleidet und kam — ganz unüblich – in alter Kavaliersart, mit Rosen in der Hand zum Rendez vous.

Ab Mittwoch, dem 3. Juni, tat sich auf dem Weg zur oder weg von der Tür des Häuschens jedoch nichts mehr. Keine Freier und auch kein Jo Szurkov wurden gesichtet. Genauso wenig ließ die Ortspolizei sich blicken. Auch hinter der Glastür oder an den Fenstern des Freuden-Häuschens war kein Lebenszeichen von Lotos zu sehen. Es kam zu einer spontanen Gehweg-Sitzung. Niemand des Komitees konnte sich einen Reim auf das Ausbleiben von Verkehrs-bewegungen machen.

Hatte Felix Becker vom Ordnungsamt, der ein umgehendes Vorgehen zusagte, ein mündliches Tätigkeitsverbot per Telefon erteilt?
War etwa Blum abends rüber gegangen und hatte Lotos eigenhändig aus seinem Nebenhaus rausgeschmissen? Ist das Prostitutionsangebot im Internet zurückgezogen worden? Ines prüfte das nach.
Der Account war noch online.

Totenstille

Auch am Tag danach war es vor und im Puff totenstill. Was war passiert? War die Dame heimlich abgereist? War Lotos wieder zurück nach Thailand aufgebrochen?

Oder holte ihr Gönner Szurkov sie ab, weil er für sie tat-sächlich einen anderen Job hatte?

Niemand hatte gesehen, dass Lotos tagsüber das Haus verlassen hatte. War es in der Nacht geschehen? Seltsam! Die Situation wurde von den beiden ehemaligen Staatsdienern Schnittig und Schneider als sehr mysteriös eingestuft! Das Komitee beschloss, bei der Polizei eine Vermisstenanzeige aufzugeben. Polizeirat a. D. Schnittig sollte das übernehmen. Ivo Slavic meinte: „Diesmal gehst du aber nicht zu dem inkompetenten Becker vom Ordnungsamt, sondern zur richtigen Polizei!" „Ach, der Backes ist auch nicht besser", meinte Schneider.
Schnittig ging gleich zum Chef des Polizei-postens, Polizeimeister Heinz Rupp, und machte Meldung. Nach zehn Minuten kam Rupp zum Haus der Vermissten. Die Herren Schneider und Schnittig erwarteten ihn vor dem Haus. Frau Pinzlich bekam das Eintreffen des Polizisten mit und gesellte sich hinzu. Vielstimmig schilderten die drei Komiteevertreter dem Beamten das Geschehen der letzten Wochen. Die momentane, vergleichsweise leblose Stille um das Haus sei ungewöhnlich. Sie äußerten den Verdacht, dass der hier unter dem Namen Lee Lotos wohnen-den Thailänderin etwas zugestoßen sein könnte.

P.M. Heinz Rupp notierte die Aussagen. Er erkannte, dass das kein Fall für die Schutzpolizei, sondern für die Kriminalpolizei war.

Er sagte nur: „Ausländerin, hm! Das ist allem Anschein nach ein Fall der über meine Zuständigkeit hinausgeht. Ich melde die geschilderte Sachlage der Polizeidirektion Zwei in Saalbrug. Die werden sich sofort darum kümmern." Rupp rief daraufhin tatsächlich an und sagte es sei dringend.

In der Polizeidirektion wurden Kriminal-Haupt-Kommissar Wolf Jager und seine Assistentin Jasmin Dupont mit der Bearbeitung des Falls betraut. Sie fuhren umgehend in die Goethe-Straße und begaben sich zur Wohnung der Vermissten. H.K. Jager läutete und klopfte heftig an die Tür.

Paul Schnittig sah die beiden wartend vor der Tür stehen. Er ging zu ihnen und sagte: „Da können Sie lange klingeln. Es ist niemand zu Hause. Frau Lotos scheint abgereist zu sein. Was wollten Sie denn von ihr?"

„Genau, wegen ihrer eventuellen Abreise sind wir hier. Ich bin Kriminal-Hauptkommissar Wolf Jager und die Dame ist Kommissarin Jasmin Dupont, meine Assistentin. Und wer sind Sie bitte? Wohnen Sie hier in der Nähe?"

„Ja, da drüben."

„Ein Herr namens Schnittig hat für eine Frau Lotos eine Vermisstenanzeige aufgegeben."

„Das war ich. Bin übrigens ein Exkollege von Ihnen. Wussten Sie, dass in dem Haus ein Bordell ist? Und zwar ein gut gehendes! Schauen Sie mal hier, das ist eine Internetwerbung von Frau Lotos."

Jager blickte erstaunt: „Sexgewerblerin! Nein, davon hat uns niemand etwas gesagt. Das bringt allerdings eine besondere Note in den Fall. Die Frau ist bestimmt nicht die Hauseigentümerin?"

„Nein, noch nicht einmal Mieterin. Sie ist Untermieterin bei einem gewissen Jo Szurkov."

Jasmin wollte wissen was "gewisser" Jo Szurkov bedeutete? „Nun, der Kerl ist eine etwas undurchsichtige Person, will ich damit sagen."

„Undurchsichtig? Sollen wir das in einen Zusammenhang mit der Vermisstenmeldung bringen.", fragte Jager. Schnittig meinte: „Herr Kollege, ich denke, es sollte mit in Betracht gezogen werden. Übrigens. der Hauseigentümer wohnt im Haus nebenan. Er heißt Axel Blum. Er leugnet aber, dass in dem von ihm vermieteten Häuschen ein Puff ist. Er kann Sie reinlassen. Als Vermieter hat er ja wohl Zugang und Schlüssel zu dem Häuschen."

Jasmin ging zu Blum und forderte ihn auf, ihr mit dem Schlüssel zu seinem Mietshaus zu folgen.

Blum öffnete die gläserne Haustür, durfte das Haus aber nicht betreten. Die Kriminalbeamten traten ein. Der H.K. rief: „Hallo, ist jemand im Haus?" Er bekam keine Antwort und ging weiter hinein. Es war düster im Haus. Nur der Bettenraum lag in dämmrigem Rotlicht.
Die Raumluft war stickig. Ein Thermometer an der Flurwand zeigte 36,5 °C an.

HK Jager bat seine Assistentin Jasmin die Rollläden hochzuziehen und die Fenster zu öffnen. Auch Jasmin hatte das unbedingte Bedürfnis zum Lüften. Zum Schutz vor dem schwülen Mix aus Schweißgeruch, Zigaretten-qualm und Resten eines exotischen Parfüms hielt sie sich ein Taschentuch vor die Nase.
Immer wieder „Ist jemand da?", rufend be-gannen beide Ermittler mit der Durchsuchung aller Räume. Im Schlafraum stand auf einem kleinen Sideboard eine halb geleerte Sekt-flasche.
Auf einem Bett türmten sich rosa Bettwäsche und ein Kissenberg. Vom Bord am Bettende schien eine Vase samt Rosen darin auf das Kopfkissen gefallen zu sein. Das Kissen war nass.
Von Fräulein Lotos war nichts zu sehen. Sollte sich die Liebesdienerin einer befürchteten Kontrolle durch die Polizei, etwa aus Angst vor Abschiebung, irgendwo versteckt haben?

Weder unter dem Kissenberg noch unterm Bett und auch nicht im Schrank fanden die Kriminalbeamten die Frau.

Jasmin ging zurück in den von der Haustür zum Bettenraum führenden kurzen Flur. Am gegenüberliegenden Kopfende des Flurs, neben der Tür, standen ein Garderobenschrank und ein großer Kleiderkoffer. Schrank und Koffer waren so groß, dass sich eine 1,63 Meter große Frau darin hätte verstecken können. Jager veranlasste Jasmin in beiden Teilen mal nachzusehen.

Die Assistentin öffnete den Schrank. Im Schrank stand nur ein Plastikeimer und hingen leere Kleiderbügel. Der Kleiderkoffer war jedoch gefüllt mit Straßenkleidern, einem Paar Schuhe und Stiefeln. Sie schloss daraus, dass die Dame nicht verreist sein konnte. „Hier sind noch alle Kleider, also muss die Frau im Haus sein", meldete sie ihrem Chef.

Offenbar war der Flur lange nicht geputzt worden. Neben Staubröllchen lagen dort auch ein schmaler Pinsel und Glasscherben in einer kleinen Pfütze. An den Scherben haftete etwas Rotes. Die beiden Fundstücke erregten Jasmins Aufmerksamkeit.

Beide Dinge schienen hier erst vor relativ kurzer Zeit hingefallen zu sein. Das schloss sie aus den Spuren des Wassers, die die herabfallenden

Gegenstände im Staub hinterlassen haben könnten.

Gaben die Dinge Hinweise auf das Verbleiben der Frau? Sollten die Scherben und das Rot daran in konkretem Zusammenhang mit dem Verschwinden der Frau stehen?

War das Rot am Glas etwa Blut? War Lotos ein Leid zugestoßen? War sie verletzt und zum Arzt gefahren? Liegt sie im Krankenhaus?

Jager stellte fest: „Wenn sie aus dem Haus gegangen wäre, würden Kleider in dem Koffer fehlen." Jasmin bemerkte: „Stimmt, aber es ist fast unmöglich bei der Kleiderfülle herauszufinden, ob was fehlt." „Gut", sagte Jager, „Wenn sie tagsüber mit einem Taxi weggefahren wäre hätte es Schnittig oder einer der anderen Nachbarn bemerkt. Wir könnten trotzdem bei den Taxen mal nachhören, ob für Gestern- oder Vorgesternabend ein Wagen hierher angefordert wurde."

Die beiden Kriminalbeamten wandten sich wieder dem Glas und dem Pinsel zu. Jasmin stellte klar: „Es ist kein Beautypinsel, sondern ein Malerpinsel."

An der Wand des Etablissements hingen zwei Aquarellgemälde. Auf dem einen war ein Teller mit Frühlingsrollen und Essstäbchen abgebildet. Auf dem anderen ein Schüsselchen mit Nasi Goreng. Hatte Lotos das gemalt, weil sie Sehnsucht nach ihrem Zuhause hatte?

Gehörte der Pinsel ihr? Dass sie nebenbei noch malte, davon ging HK Jager nicht aus. Dazu hätte sie wohl nur nachts Zeit gehabt. Ob sie dazu nachts noch fähig war, bezweifelte er, bemerkte aber: „Man könnte die Nachbarn fragen ob sie nachts einen Lampenschein durch die Rollladenschlitze gesehen haben."
Wichtiger war ihm aber herauszufinden, was es mit dem Rot an den Glasscherben auf sich hatte. War es Blut oder Farbe?

Jasmin sah sich das Glas nochmal genau an und machte eine Analyse mit Spucke. Sie meldete: „Chef, das Rote lässt sich nicht auflösen. Also handelt es sich nicht um Blut. Es scheint Acrylfarbe zu sein."
„Da stellt sich die Frage, ob die gefundenen Scherben und der Pinsel überhaupt in einem Zusammenhang mit der Abwesenheit von Frau Lotos stehen?", gab Jager zu bedenken.
Beide setzten ihre Recherchen in den Räumen fort. Sie fanden ein Handy hinter der Gardine unterhalb eines Heizkörpers. „Seltsam, wie kommt das denn da unten hin?", rätselte Jasmin. „Das kann nur hierhin geflogen sein, sonst hätte das Display-Glas in der einen Ecke nicht derartig sternförmige Risse", meinte Jager und legte das Gerät auf die Fensterbank.

Dann suchten sie im Badezimmer.

Neben dem üblichen Badinventar war der Raum zugestellt mit Besen, Schrubbern und Putzzeug. An der Wand stand ein zusammengeklapptes Bügel-brett. In der Badewanne lag ein Bügeleisen. Das Gerät war wohl mal in die Wanne gefallen, denn man sah auch einen Eisenfleck, über dem die Emailleschicht abgesprungen war.

„Chef, das Eisen des Wannenbodens hat keinen Rost angesetzt. Also ist der Schaden noch frisch. Es ist auch nirgendwo feucht in der Wanne. Gebadet hat das Mädchen seit mehreren Stunden wohl nicht?", stellte Jasmin fest. Dann fragte sie in den Raum: „Was aber macht ein Elektrogerät in der Wanne?"

Den Baderaum erfüllte ein unangenehmer Geruch. Jager meinte, dass der Geruch aus einem ausgetrockneten Bodenablauf komme. „Geputzt wurde hier auch schon lange nicht mehr!", meinte seine Assistentin.
Neben dem Gully sah ihr Chef eine etwa 60x60 cm große, gefliste Bodenklappe. Jager schob die Klinge seines Taschenmessers in die Verlege-fuge und hebelte die Klappe etwas an, so dass er sie hochstellen konnte. Gemeinsam mit Jasmin blickte er in ein etwa ein Meter tiefes Loch. Der altgediente Hauptkommissar Wolf Jager schreckte hoch und die Klappe rutschte ihm bei-nahe aus den Händen.

Der jungen Kommissarin Jasmin entfuhr kreischend ein „Oh Gott!". Erst nachdem sie sich gefasst und von dem Schreck erholt hatten, konnten sie nochmal in das Loch schauen.

Beide sahen die Unterschenkel einer unbekleideten Frauenleiche! Zögerlich beugte sich Jager nochmal über die Öffnung. Der Oberkörper der Frau war kaum zu sehen. Er befand sich nicht direkt unterhalb der Bodenöffnung. Die Tote lag abgewinkelt im Dunkeln des niedrigen Kellerraumes.

Eine erste, komplette Inaugenscheinnahme der Leiche durch HK Jager war nicht möglich. Auch die schlanke Jasmin hätte an der Leiche nicht vorbei in den sehr beengten Kriechkeller gelangen können. Um die Tote untersuchen zu können, war es notwendig, ihren Körper in eine veränderte Lage zu bringen. Das hieß, sie musste zuerst aus dem Kellerloch geborgen werden. Und zwar mit größter Vorsicht, so dass dabei keine Erkenntnisse über die Todesursache verloren gingen. Eine so schwierige Bergung war keine Aufgabe für die beiden Krimalbeamten. Der HK meldete den Fund auf der Hauptwache und bestellte den erfahrenen Bergetrupp der forensischen Polizei-Fachkräfte.

Die Bergung der Leiche aus dem Kriechkeller musste außerdem im Beisein der Pathologin Dr. Freia Jensen durchgeführt werden.

Das Bergungsteam eilte zum Tatort. Der Leichnam wurde aus dem Loch geborgen und auf den Boden des Badezimmers gelegt. Dr. Jensen führte eine erste Untersuchung durch und stellte fest: „Die Tote hat Schürfwunden an Armen und am Rücken. Auf Grund ihres Gesamtzustandes dürfte ihr Tod vor zwei Tagen eingetreten sein. Um eine genauere Uhrzeit angeben zu können, muss ich die Tote auf dem Tisch haben."

Jager betonte: „Okay, Frau Doktor, ein möglichst genauer Todeszeitpunkt zu kennen wäre mir sehr hilfreich."

Als die Leiche auf dem Boden lag, sagte er zu seiner Assistentin: „Da haben wir die Leiche einer nicht europäisch aussehenden, noch sehr jungen Frau vor uns liegen." Jasmin ergänzte. „Die Tote ist wohl die gesuchte Thailänderin namens Lotos."

„Ja, sie war nicht außer Haus, sondern ist im Haus verstorben. In dem Kellerloch ist das wohl nicht passiert. Sie ist nach ihrem Tod dorthin verbracht worden. Von wem und wie müssen wir herausfinden. Bestimmt war es ein Einzeltäter. Jasmin, bitte sei vorsichtig, die Spuren des Transportes in das Loch dürfen wir nicht verwischen. Wir müssen ihren Weg dorthin noch nachvollziehen können."

Dr. Jensen konnte an der Leiche beim ersten Überblick zwar Abschürfungen, aber keine zum Tode führenden Merkmale erkennen. Im Einvernehmen mit HK Jager veranlasste sie, dass die Tote zu weiteren Untersuchungen ins forensische Labor der Polizeiinspektion gebracht wurde.

Am ersten Tag ihrer Arbeit stellten die beiden Kriminalbeamten vor der Beendigung ihrer Untersuchungen noch sicher, dass weder Blum noch Szurkov das Haus betreten konnten.

Jager sorgte dafür, dass das Gebäude versiegelt wurde und von der örtlichen Wache in Falkenthal ein Polizist abgestellt wurde. Und wer kam? Der Backes!

Erster Verdacht

Am folgenden Tag, auf der Fahrt nach Falkenthal, fragte Jasmin ihren erfahrenen Chef ob er schon eine Vermutung habe, wie der Mord abgelaufen sein könnte. Jager vermutete dass die Spurensuche schwierig werden könnte.

Für ihn komme primär der Etablissement-Betreiber Szurkov in Betracht. Bei Geschäften seines Gewerbes gäbe es häufig Probleme beim Geldeintreiben. Es käme sogar vor, dass Zuhälter dabei äußerst grob vorgingen.

Oft erhielten besagte Herren auch Anzeigen wegen Beihilfe zur illegalen Einreise oder gar wegen Menschenhandels. Dann schritten die „Obdachgeber" häufig dazu, die Fakten aus der Welt zu schaffen. Das könne im Fall Goethe-Straße so gewesen sein.

Umgehend versuchte Jager den derzeitigen Aufenthaltsort von Szurkov ausfindig zu machen. Am Tatortgebäude war er ja schon tagelang nichtmehr gesehen worden. Sein Vermieter wusste nicht, wo er sein könne, vermutete aber, dass er noch eine andere Unterkunft habe.
Das schloss Blum aus dem ortsfremden Kennzeichen von Szurkovs Wagen. Er wisse auch, dass er bei einem Personenschutzservice im Nachbar-Bundesland tätig sei. Jager beauftragte Jasmin herauszufinden, wo in der Region der Wagen häufig geparkt wurde.
Des Weiteren solle sie auch nach Adressen von Firmen recherchieren, die seinem Berufs-Profil entsprächen. Jasmin fand Dank der Kenntnis des KFZ-Kennzeichens heraus, dass Szurkov im etwa 80km entfernten Ort Pfalzdorf gemeldet war. Daraufhin fuhr Jasmin gemeinsam mit einem Schutz-Polizisten nach Pfalzdorf.

Im dortigen Einwohnermeldeamt erfuhr die Assistentin, dass Szurkov in einem Gebäude mit dem Namen "Erospool" tätig war. Folglich ging sie zum angegebenen Haus, denn sie wollte überprüfen, ob sich Szurkov während der in Frage stehenden Tatzeit dort aufgehalten hatte.

Nach ihrem Läuten am Eingang des "Erospool" öffnete sich die Tür und eine junge Dame kam aus dem Gebäude. Jasmin ging auf sie zu und fragte: „Entschuldigung, können Sie mir sagen ob Herr Szurkov hier arbeitet?"
„Arbeitet? Er ist Boss! Ist vorgestern verreist."
„Wohin verreist?"
„Weg mit Thai Airways."
„Nach Thailand? Ab Frankfurt?"
„Ja. Hat mich nicht mitgenommen! Wollte ich nach Hause."

Jasmin berichtete ihrem Chef, welche Aussage die Dame gemacht hatte, und Jager beauftragte sie, die Passagierliste der bis drei Tage zurückliegenden Flüge nach Thailand zu überprüfen.
Die Thai Airways bestätigte ihr, dass Jo Szurkov am 1. Juni um 8 Uhr 40 nach Kosa Mui geflogen sei.
„Wir werden das mal den Kollegen melden, die sich mit illegalen Einreisen beschäftigen. Sie sollen sich mal drum kümmern, was der Szurkov dort so treibt. Ob er auf seinen Rückreisen illegal Thailanderinnen nach Deutschland bringt?

Mit dem Flug am Montag hat der Kerl allerdings für die Tatzeit ein Alibi", stellte Jager fest.

Nachdem der Szurkov als Täter ausgeschieden war, wollte Jager einen Freier oder aufgebrachten Nachbarn als Täter in Betracht ziehen. Die beiden Kriminalisten machten enttäuscht Feierabend. Am nächsten Morgen begaben sie sich in ihre Dienststelle und besprachen mit Dr. Jensen nochmal, welche Ergebnisse ihre fortgesetzten Untersuchungen gebracht hatten.

Der Chefermittler fragte sie: „Werte Frau Doktor, können Sie nach ihrer eingehenden Untersuchung einen engeren Zeitraum nennen, in dem der Tod der Frau eintrat, und uns sagen, wie sie zu Tode kam?"

„Ja Herr Hauptkommissar, ich hätte Ihnen das gestern schon sagen können. Aber Sie hielten es offenbar nicht für erforderlich mal nachzufragen. Das halte ich für keine gute Form der Zusammenarbeit. Erst fordern sie mein sofortiges Kommen, dann interessieren Sie sich nur für das Gerede der Leute auf der Straße. Auf Grund des Zustandes der Schürfmerkmale an Armen und Rücken sowie dem Zustand eines Hämatoms am Hals kann ich sagen, dass die Frau relativ genau 48 Stunden vor meiner Obduktion gestorben ist. So kommen wir auf Dienstag, am späten Nachmittag. Ich würde sagen zwischen 18 Uhr 30 und 20 Uhr. Ich bin noch dabei festzustellen, wodurch der Tod eintrat."

Der Anpfiff der Laborleiterin war dem Haupt-Kommissar Wolf Jager doch sehr peinlich! Hatte er sich doch, verleitet durch seine geringe Wertschätzung gegenüber dem Gewerbe, dem Szurkov nachging, vorschnell zur Verfolgung einer nahe liegenden, aber in die Sackgasse führenden Spur verleiten lassen!
Mit neuen Erkenntnissen begab sich das Ermittlerteam nochmal zum Gebäude der Tat. Natürlich blieb das tragische Ende der Dame Lotos denen, die sie als vermisst gemeldet hatten, nicht verborgen.

Vor dem Haus stand immer noch Uwe Backes als Wache. Fräulein Elvira wurde so sehr von Neugierde geplagt, dass sie wissbegierig zu dem Wachmann ging und fragte: „Weiß man schon, wer's war?" Der Beamte gab lachend zur Antwort: „Der, dem bei der Sache der Pinsel zerbrach." Die sittenstrenge Frau stutzte und fauchte: „Sie zotiger Mensch!" und ging entrüstet davon.

Das mit dem Pinsel ließ sie aber nicht los. Sollte der Polizist vielleicht doch einen Maler-Pinsel gemeint haben? Am folgenden Tag versammelten sich die Nachbarn schon morgens. Eigentlich wollten sie ihren erfolgreichen Beitrag zu der Beendigung der anrüchigen Liebesdienste in ihrer Nachbarschaft feiern, doch dass das Ende des Puffs die Folge eines Mordes gewesen sein sollte, machte sie betroffen. Erst ein Puff in ihrer Straße und dann noch ein Mord!

Nach Feiern stand ihnen nun doch nicht der Sinn. Peinliche Vermutungen kreisten in ihren Köpfen. Sollte jemand von ihnen die Untat verübt haben? Einer, der den Ruf ihrer Straße nicht tiefer in den Sumpf gezogen wissen wollte? Eine, die dem unsittlichen Treiben nicht länger zusehen wollte? War es etwa der Ivo Slavic, dem die Schließung des Gewerbes durch die kommunalen Behörden nicht gelang?

Die Pinzlich eilte zur Zusammenkunft und teilte allen mit, dass der Polizist gesagt habe, bei dem Täter müsse es sich um einen Mann mit einem Malerpinsel handeln.

„Ha, ha, ich kann mir aber nicht vorstellen, dass dort jemand während eines Besuchs noch die Wände gestrichen hätte", meinte Mattissen.

Slavic sagte zu Hein Steen: „Du hast sie doch so reizend gefunden. Wolltest du die Kleine nicht mal malen?"

„Und, waren Sie bei ihr?", wollte Dr. Kühn wissen.

Schnittig stellte fest: „Ja, das Modell hat still gesessen und dir hat der Pinsel mächtig gezittert!"

„Ihr Sittenstrolche!" rufend dampfte die Pinzlich erneut entrüstet davon.

„Okay, ich habe dort meinen Aquarellpinsel verloren", gestand der Künstler Hein vor versammelter Mannschaft. „Ich wollte sie wirklich nur malen. Dazu hatte ich mich dort eingeschlichen, als ein Freier das Haus verließ."

Ehefrau Greta war entsetzt! „Was, du warst bei ihr? Zu mir hast du gesagt du wolltest in der Stadt im Künstlerbedarf noch Farbe kaufen!"

„Stimmt, habe ich auch. Doch vorher wollte ich noch zu ihr zum Malen. Ich hatte aber nichts mit ihr! Da war nichts! Es gab Streit im Flur. Sie schmiss mich sofort nochmal raus. Die Kleine sagte, ich habe keinen Termin und solle verschwinden. Sie schubste mich zur Tür, und bei dem Geschubse fiel mir das Glas samt dem Wasser darin zu Boden. Der Pinsel fiel auch hin. Ich wollte noch die Glassplitter und den Pinsel aufheben, aber da drängte mich Lee schon aus dem Haus."

„So, so, ‚Lee' hast du sie genannt! Und von wegen ‚sofort raus'! Du warst über zwei Stunden weg!" „Liebe Frau, ja, ich war drin, aber nach dem Rausschmiss bin ich zum Einkaufen und danach noch zur Sitzung des Kunstvereins gefahren."

Elvira Pinzlich kam zurück. Sie konnte doch nicht darauf verzichten von den Gehweggesprächen etwas mitzubekommen. Sie stand in fünf Meter Abstand neben den Versammelten. Sie bekam das Geständnis von Hein noch ausreichend deutlich mit. „Noch so'n heimlicher Freier!", rief sie.

Greta hörte ihre Frechheit und bemerkte in der Runde ein hämisches Grinsen. Sie sagte: „Ihr fiesen Kerle!" und verließ die Versammlung.
Gegen Mittag trat die Kriminalassistentin Dupont aus dem Tatort-Haus um beim Bäcker etwas zum Essen zu kaufen. Die engagierte Elvira ging ihr entgegen und meldete ihr, sie habe gesehen, wie der Steen mit einem Bogen Papier und mit einem Einmachglas, in dem sich mehrere Pinsel befanden, am Dienstag ins „Lusthaus" gegangen sei.
„Danke, Frau?"
„Pinzlich, Elvira."
„Frau Pinzlich, das ist ein interessanter Hinweis. Wir werden der Sache nachgehen", sicherte ihr die Kommissarin zu. Darauf vermutete Elvira höchst erfreut, sie habe einen entscheidenden Beitrag zur Aufklärung des Mordfalls geleistet. Erfüllt von kühnem Stolz beabsichtigte sie die Kontrollcrew umgehend darauf hinzuweisen, dass sie den entscheidenden Tipp zur Lösung des Falls gegeben habe.

Zweiter Verdacht

Die Polizei lud den Pinseleigentümmer Hein Steen zum Verhör ins Kommissariat vor. Jager begann: „Wo waren Sie in der Zeit von 18.30. bis 20 Uhr am 2. Juni. Waren Sie in dem Bordell? Hatten Sie Glas und Pinsel mit?"
Hein überlegte: „Ja, ich war etwa um 17 Uhr drin. Aber von 17.30 bis etwa 18 Uhr war ich in der Stadt und später habe ich an einer Sitzung meines Kunstvereins teilgenommen."
„Wo fand die Sitzung statt und wer war noch dabei?"
„In Hochkopf, im Gasthaus Waldmeister."

Hein ergänzte: „Außer mir waren noch sechs weitere Teilnehmer dabei."
„Namen bitte?"
„Fragen Sie unsere Vorsitzende und Sitzungsleiterin, Frau Schnabbach. Hier ist ihre Telefonnummer."

Er gab Jager die Nummer und der fragte bei Frau Schnabbach nach. Sie bestätigte, daß Hein Steen an der Sitzung teilgenommen habe. Die Sitzung hätte um 18 Uhr begonnen und Hein habe von 18.07 bis 20.15 Uhr daran teilgenommen. Genau so sei das im Sitzungsprotokoll festgehalten worden.

Darauf sagte Jager zu Jasmin. „Tja, der Mann hat Zeugen. Es sieht so aus, daß der Steen für den von Jensen angegebenen Todeszeitpunkt ein Alibi hat."

Auf Grund der telefonischen Aussage von Frau Schnabbach entließ der Kommissar Hein Steen als Unverdächtiger aus dem Verhör und beschloss: „Wir müssen nochmal vor Ort nach-sehen, ob wir Hinweise übersehen haben."

Beide fuhren nochmal zum Tatort. Jager saß grübelnd im Wagen. Er hielt fest: „Das zerbroch-ene Glas des Herrn Steen konnte das Mord-werkzeug nicht sein. Es war kein Blut dran, und wenn Lotos mit einer scharfen Scherbe verletzt worden wäre, hätte die Jensen das doch gleich festgestellt. Außerdem hat Steen ein Alibi. Er war's nicht!"
Schließlich fragte er: „Jasmin, wir hatten die Dame unterm Badezimmerboden gefunden. Ist sie auf dem Bett umgebracht worden?"
Die Kommissarin antwortete: „Ich denke ja, von dort wurde sie ins Bad geschleppt, als sie schon tot war." Jager grübelte weiter: „Oder ist es im Bad geschehen? War sie vielleicht sogar selber an ihrem Tod schuld? Vielleicht doch durch einen unbedachten Stromschlag, weil sie mit dem Bügeleisen im Wasser in Berührung kam? Aber wie käme sie dann tot in den Keller?"

Nach einer Weile fragte Jasmin: „Wie genau konnte Dr. Jensen am Tatort überhaupt den Todeszeitpunkt feststellen? Was ist, wenn die Jensen sich um eine halbe Stunde verschätzt hat? Kann Lotos nicht schon eine halbe Stunde früher, also gegen 18 Uhr, ermordet worden sein? Der Steen hat doch erst ab 18 Uhr 7 ein Alibi."

„Okay Jasmin, wir müssen den Steen nochmal vorladen. Das machen wir gleich, wenn wir dort sind."

Die Assistentin ging kurzerhand vom Tatort aus auf die gegenüberliegende Straßenseite zu Steens Wohnung. Sie bat den erneut verdächtigen Hein, zu ihrem Chef in Szurkovs Wohnung mitzukommen.

Ohne Umschweife fragte der HK: „Herr Steen, wir müssen noch etwas genauer wissen, wie das Geschehen vor und bis zu ihrer Kunstvereinsitzung abgelaufen ist. Wo genau waren sie am Dienstag in der Zeit von 17 Uhr bis zu ihrer Sitzungsteilnahme ab 18 Uhr 7?"

„Ich sagte es Ihnen doch schon! Ich war im Künstlerbedarf was kaufen. Moment mal."

Hein holte ein Papierchen aus seiner Geldbörse, „Schauen Sie hier auf dem Kassenzettel, da steht 17.50."

„Und wo genau in der Stadt befindet sich der Laden?" „Im ehemaligen Bahndepot, im Stadtteil Moolscht."

„Gut, ich weiß, wo das ist. Sie können gehen, müssen sich aber zur Verfügung halten."

Jager zählte zusammen: „Das sind vom Geschäft bis zum Sitzungslokal in Hochkopf circa 15 Kilometer. Da braucht man auf dem direkten Weg etwa 20 Minuten Fahrzeit. Wäre er zwischendurch zum Tatort gefahren, hätte die Tat begangen und sich vom Tatort weiter zum "Waldmeister" begeben, hätte er mindestens 10 Minuten zusätzlich benötigt. Das wären insgesamt 30 Minuten. Bezahlt hat Steen laut Kassenzettel um 17 Uhr 50, in der Sitzung war er ab 18 Uhr 7. Dazwischen liegen 17 Minuten Fahrt."

Jasmin bemerkte: „Ha! Mit Geschwindigkeitsüberschreitung!" „Jasmin, das ist schon möglich, jedenfalls war er ohne Umschweife unterwegs. Mit einem Umweg über den Tatort, einschließlich der Tatausübung, hätte er mindestens 30 Minuten gebraucht. Er hatte aber nur ein Zeitfenster von 17 Minuten zur Verfügung. Er kann zwischendurch, also gegen 18 Uhr, keinen mehrere Minuten erforderlichen Aufenthalt zum Begehen eines Mordes am Tatort verbracht haben."

Hein Steen kam für Hauptkommissar Jager endgültig als Täter nichtmehr in Betracht.

Der Kriminologe und seine Assistentin schauten sich im ehemaligen Liebesnest nochmal intensiv um. Jasmin bemerkte laut: „Geht es in einem Puff immer so wüst zu? Schauen Sie sich mal das Durcheinander des Bettzeugs und die Kissen auf dem Boden an.
Und dann ist noch das Telefonkabel aus der Wand gerissen worden!"
„Ja Du hast Recht, es sieht so aus, als ob hier gestritten wurde. Sieht nach einem Kampf aus. Nach Gewalt. Vielleicht wollte die junge Frau jemanden anrufen und der Kerl hat ihr das Handy aus der Hand geschlagen. Sie wollte daraufhin vielleicht die Polizei auf dem Festnetz anrufen, aber, da riss der Täter das Telefonkabel aus der Buchse."
Wolf Jager und Jasmin Dupont waren sicher, dass hier ein Ringkampf zwischen Opfer und Täter stattgefunden hatte. Doch wer war der Mörder bzw. die Mörderin? Sie fuhren zurück in ihre Dienststelle, um mit Dr. Jensen die Ergebnisse ihrer erweiterten Untersuchungen zu besprechen.
Dr. Jensen berichtete: „Die Verletzungen am Hals weisen eindeutig darauf hin, dass Frau Lotos mit einer dickeren Schnur oder einer Kordel erdrosselt wurde."

Jager fragte: „Kann es auch ein Telefonkabel gewesen sein?"

„Wohl nicht. Zu dünn. Der Strick oder die Kordel war cirka 8 Millimeter dick. Ich tippe auf eine fest gewobene oder mit Stoff umwickelte Kordel. Am Hals der Toten fand ich Stofffasern."

„Ah", folgte Jasmin, „Das Bügeleisen in der Badewanne! Die Bügeleisenschnur!"

„Genau Jasmin, das kommt hin. Damit wurde sie erdrosselt und zwar im Badezimmer", folgerte Jager.

Die DNA muss helfen

Beim Verlassen von Jensens Wirkungsstätte fasste er die bisherigen Ergebnisse zusammen: „Da fangen wir nochmal von vorne an. Ich denke es hilft uns nur ein DNA-Test! Wenn die Frau also mit der Bügeleisenschnur erwürgt wurde, dann bringen wir das Gerät mal zur Untersuchung ins Labor der Jensens. Frau Doktor soll mal prüfen, ob die Partikel an der Schnur mit denen am Hals der Toten übereinstimmen. Dann hätten wir schon mal einen sehr eindeutigen Hinweis auf das Tatwerkzeug. Dazu soll Frau Kollegin Jensen auch mal opferfremde DNA-Partikel an der Schnur oder am Hals des Opfers rausfiltern. Denn sie könnten vom Mörder stammen. Offen ist dann immer noch, ob es einer der Freier war oder vielleicht doch der Szurkov. Konzentrieren wir uns zunächst auf die Freier. Zur DNA-Gegenüberstellung können wir an Zigarettenresten haftende DNAs und eventuell auch die der Inhalte von Präservativen heranziehen. Beides ist wahrscheinlich in einem Abfallbehälter zu finden. An Hinterlassenschaften von Nachbarn denke ich dabei nicht."

Sie brachten das Bügeleisen samt Schnur ins Labor. An Dr. Jensen gewandt, sagte Jager: „Hier haben wir die Kordel, von der Sie sprachen. Da sind bestimmt Hautpartikel dran, die Sie untersuchen können. Wenn Sie DNAs finden, die nicht vom Opfer stammen, könnte uns das weiterhelfen."
Jensen gab zu bedenken: „Aber die Schnur ging doch durch viele Hände. Eine Vielzahl von DNA-Spuren wird dabeisein. Auch am Körper der Frau werde ich differenzierbare DNAs finden. Eine für den Fall eindeutig verwertbare herauszufiltern ist schwierig."
Jager bat sie: „Versuchen Sie es bitte vorrangig mal am Hals. Es könnte ja sein, dass dort – außer der DNA der Toten – nur noch die desjenigen zu finden ist, der ihr die Schnur um den Hals gelegt hatte." Sie versprach: „Na gut, damit beginne ich gleich."
Die beiden Kriminalbeamten fuhren nochmal zum Tatort nach Falkenthal, um nachzusehen,

ob ihnen ein weiterer DNA-verwertbarer Gegenstand entgangen war.

Greta Steen fing beide mit der Frage: „Und, wissen Sie wer es war?" vor der Tür ab.
Der bedrängte Kommissar gab ihr zur Antwort: „Wir sind kurz vor der Lösung des Falls. Wir brauchen nur noch einen DNA-Abgleich."
Doch Greta wollte Gewissheit!
Sie war sich immer noch nicht sicher, ob ihr Mann tatsächlich nur im Häuschen war, weil er malen wollte. „Können Sie meinen Mann nicht in die DNA-Untersuchungen mit einbeziehen?", drängelte sie.
Der Kommissar antwortete genervt: „Ein Tète à Tète ihres Mannes im Puff könnte möglich gewesen sein, doch nicht zur Tatzeit. Für die Tat hat ihr Mann ein von mir überprüftes, wasserdichtes Alibi. Als die Frau getötet wurde, war er beim Kunstverein."
Greta schaute verwirrt drein und Jager fragte aufdringlich: „Sie wohnen doch gegenüber dem Tatort. Sie konnten das Kommen und Gehen vor dem Haus doch gut beobachten. Ist Ihnen vielleicht mal etwas Besonderes aufgefallen?"
Etwas zögerlich sagte sie: „Ach da waren schon komische Typen dabei. Auch ein schon älterer Mann im Blazer, der mit einem Rosenstrauß ins Haus ging. Ich kannte keinen von ihnen, habe aber die Kennzeichen ihrer Autos notiert".

„Danke Frau Steen, vielleicht brauchen wir ihre Notizen noch", beendete Jager freundlich die Unterhaltung.

Den Szurkov wollte Jager trotz dessen Alibis noch nicht ganz ausschließen. Die Tatsache, dass er seine Wohnung in Verbindung mit seinen unklaren sonstigen Beschäftigungen für Prostitution bereitstellte veranlasste den HK dazu, weitere Nachforschungen anzustellen.

Im Haus bat er Jasmin daher: „Kannst du dir nochmal den Mieter und Securitymann Szurkov vornehmen. Überprüfe bitte die Telefonate die in der letzten Woche von dem Apparat im Schlafzimmer aus geführt wurden. Besonders interessieren mich die Gespräche die Szurkov mit Leuten aus seinem Gewerbe geführt hat. Vielleicht gab es ja doch Geldstreitigkeiten, und er hatte einen Kollegen damit beauftragt sie während seiner Abwesenheit auszuräumen."

„Lieber Chef", sagte Jasmin, „der Apparat ist doch tot. Da bekommen wir nix mehr raus. Das Telefonkabel wurde doch aus der Anschlussbox gerissen. Ich denke, per Festnetz hat der Szurkov sowieso nie Gespräche geführt. Seine und die Gespräche von Lotos liefen bestimmt über ihre Handys."

„Gut, mein „Mädchen", dann wollen wir mal Szurkovs Handynummer rausbekommen. Im Schlafzimmer liegt doch das beschädigte Handy. Du könntest prüfen, ob es noch funktioniert. Wir sollten allen Gespräche, die die Dame in den letzten Tagen geführt hat, nachgehen. Neben Szurkovs Anrufen sind auch die Gespräche von Bedeutung, die Lotos mit den Freiern führte."

„Ich versuche mal was raus zu bekommen."

Jasmin nahm das beim Sturz unter die Heizung gefallene Gerät von der Fensterbank. Es funktionierte noch. Die Nummern der zuletzt geführten fünf Gespräche waren gespeichert.

„Chef, hören Sie mal, da ist ein letztes Gespräch dabei das interessant sein könnte. Eine Absprache. Es ist neben der Stimme von Lotos die eines Mannes zu hören. Die beiden hatten einen Termin für 17 Uhr 45 verabredet. Das war am 2.Juni, also vor drei Tagen. Nach dieser Aufzeichnung kommt nichts mehr."

„Gib mal her. H'm – unklar – ich kann den Namen des Anrufers aus dem Gerede leider nicht heraushören. Hast du was verstanden? Hier, hör mal genau hin." Er gab das Handy zurück. Jasmin konnte in der Männerstimme auch nicht erkennen, dass der Anrufer seinen Namen genannt hatte. „Ich vermute dass er seinen Namen bewusst nicht nannte. Wie ich heraushöre, hatte er stattdessen mit Lotos einen Zahlen-Code ausgemacht", glaubte sie.

„Okay, Jasmin, den Namen werden wir noch raus bekommen. Der Termin war für 17.45. Das ist schon mal ein wichtiger Punkt. Nimm das Handy mit, im Sprachlabor sollen sie die Passage sauber als Tonkonserve herausfiltern. Die vereinbarte Besuchszeit kommt der von Doktor Jensen geschätzten Tatzeit doch sehr nahe. Liebe Jasmin, wir werden das Eintreffen von infragekommenden Freiern mal der Abfolge der von Frau Steen notierten Kennzeichen gegenüberstellen. Die sind ja chronologisch notiert. Das zuletzt notierte Kennzeichen wird uns in Verbindung mit der Zeit weiterbringen.

So können wir den Namen des Typen rausbekommen, der den letzten Termin abgesprochen hatte und wohl auch zuletzt da war."

Jasmin ging zu Frau Steen und bekam deren Notizen. Sie führte einen Abgleich der letzten Handyaufzeichnungen mit den chronologisch geordneten Notizen durch. Als letzten Eintrag hatte Greta „BMW 17.43" notiert.

Über das notierte Autokennzeichen konnte sie die Adresse des Kfz-Halters ermitteln, der als Letzter am Freudenhäuschen vorgefahren war. Er hieß Herbert Schäfer und wohnte im etwa 82 km weit entfernten Ort Lauteringen.

Gemeinsam mit zwei Wachtmeistern fuhren sie zu Schäfers Wohnung. Vor seinem Haus stand ein BMW mit dem notierten Kennzeichen. Auf einem Messing-Namensschild an der Tür stand das Wort „Immobilien-Makler". Die Beamten trafen den Verdächtigen in seiner Wohnung an.

Die Kriminalbeamten stellten sich vor und HK Jager befragte den Immobilen-Makler: „Sind Sie Herr Herbert Schäfer?"

„Ja"

„Gehört der BMW vorm Haus Ihnen?" Schäfer bejahte das und sagte: „Oh, die Kripo! Kommen Sie wegen dem Wagen? Den habe ich nicht gestohlen. Oder sind Sie gekommen, weil ich wieder mal zu schnell gefahren bin? Ach, in meinem Alter sollte man eine kleineres Auto fahren." Jager entgegnete: „Ich glaube eher Sie sind zu weit gefahren! Wo waren Sie am Dienstag, dem 2. Juni, gegen 18 Uhr." Schäfer sagte, er hätte im Garten hinter seinem Haus in der Laube gesessen, habe dort ein Buch gelesen und ein Glas Wein getrunken.

„Gibt es jemanden, der das bezeugen kann? Ihre Frau vielleicht?" fragte der HK. „Ja, Hannelore, meine Frau. Sie hatte mir das Glas Wein gebracht."

„Wo ist ihre Frau?"

„Oben, sie bügelt, ich rufe sie mal." Seine Frau kam hinzu. Schäfer bat sie mit den Worten: „Hannelore, du erinnerst dich doch bestimmt

daran, dass ich letzten Dienstag, abends gegen sechs, hinten in der Hütte saß." Hannelore fragte: „Wann? Am Dienstag? Da war ich doch nachmittags im Einkauf-Center. Danach war ich, wie immer dienstags, mit Else im Kino. Ich bin erst kurz nach Acht nach Hause gekommen. Und da hast du vor dem Fernseher gesessen."
„Frau Schäfer", fragte Jager, „Sie konnten also um 18 Uhr am Dienstag ihren Mann nicht gesehen haben?"
„Genau, ich war doch im Kino."

Ihr Herbert widersprach: „Ach, Du hast's vergessen. Du hast mir doch noch Wein gebracht."
„Herbert, red kein Zeug. Weißt doch, dass ich im Kino war. Ich habe dir doch noch von dem Film erzählt." Herbert Schäfer ereiferte sich: „Hannelore, ich war im Garten! – Herr Kommissar, die Altmeier von gegenüber kann's bestimmt bezeugen. Die alte Fregatte schaut doch immer, was ich gerade im Garten mache."
„Na, Herbert, wie redest Du über Frieda!", stutzte Hannelore ihren Herbert zurecht und ging kopfschüttelnd wieder hoch in ihr Bügelzimmer.
Jasmin flüsterte: „Seine Frau kann er nicht als Zeugin anführen. Sie entlastet ihn nicht." Jager beauftragte seine Assistentin zur Nach-barin Frieda Altmeier zu gehen und sie zu fragen, ob sie den Schäfer Herbert in der fraglichen Zeit in

seinem Garten gesehen habe.

Die Kriminalkommissarin Dupont berichtete: „Frieda Altmeier sagte, sie halte sich raus. Von allem was mit dem Herbert zu tun habe, wolle sie nichts wissen. Der alte Sack sei doch schon 79 und schaue immer noch jedem Rock nach.", Im Übrigen würde sie zu der Zeit immer ‚Bares für Rares' im Fernsehen schauen und nicht zum Fenster rausschauen."

„Fazit ist", fasste Jager zusammen, „weder die Nachbarin, noch Schäfers Frau verschaffen dem Verdächtigen ein entlastendes Alibi. So bleibt uns auf Grund des zuletzt mit der toten Lotos vereinbarten Besuchstermins und dem Abgleich mit der letzten Kfz-Notierung nur der Schluss, dass der 79-jährige während der angenommenen Tatzeit am Tatort in Falkenthal gewesen sein muss. Durch einen DNA-Test wollen wir das aber noch erhärten."

HK Wolf Jager sprach zu dem Verdächtigen und fasste zusammen: „Herr Schäfer, laut unseren Recherchen waren Sie am 2. Juni in Falkenthal. Ihren Wagen haben Sie um 17 Uhr 43 vor dem Haus abgestellt, in dem kurz darauf ein Mord passierte." Schäfer schüttelte den Kopf.

Jager fuhr fort: „Sie gingen nach dem Parken in das Haus und verließen es erst nach 18 Uhr. Dass Sie in der Zeit dort waren, erhärtet auch eine von Ihnen geführte Terminabsprache. Da

Sie für diese Zeit keinen anderen Aufenthaltsort nachweisen können, nehme ich Sie unter dringendem Mordverdacht fest. Kommen Sie bitte mit zu unseren Wagen."

Dann beauftragte Jager die beiden vorsorglich mitgekommenen Polizisten den Verdächtigen in ihr Fahrzeug zu verbringen und ihn ins Polizeirevier nach Saalbrug abzutransportieren. Dort wurde er in einer Arrestzelle verbracht. Am folgenden Morgen bat HK Jager Frau Dr. Jensen, DNA-Proben von Herrn Schäfer zu nehmen, um ihn sicher des Mordes überführen zu können. Dabei konnte er es sich nicht verkneifen der Forensikerin zu stecken, dass sie sich bei der Todeszeitangabe des Opfers wohl um eine halbe Stunde verschätzt hatte.
Darauf konterte Dr. Jensen: „Ein ermittelnder Kommissar, der tagelang nicht nach der Todes- ursache fragt, sollte besser ruhig sein."

Dr. Jensen verglich Schäfers DNA mit den Proben, die sie aus den Hinterlassenschaften des Abfall-Containers gewonnen hatte. Mit keiner dieser Probe konnte sie eine Übereinstimmung feststellen. Jager fragte sich laut: „Sollte der Kerl denn „ohne" zugange gewesen?" Freia Jensen meinte: „Höchstens wenn er tiefer in die Tasche gegriffen hätte. Ich glaube die gummi- freie Variante ist nur mit Aufschlag üblich?"

Jager bedauerte: „Das ist aber schade, sein Nachlass hätte uns ein starkes Indiz geliefert. Na gut, darauf alleine sind wir ja nicht angewiesen. Wir haben ja noch das Mordwerkzeug. Das Bügeleisenkabel. Was ist denn damit.", fragte er. „Ja, ich habe gestern das stoffumwickelte Kabel untersucht und fand neben den Hautpartikeln von Lotos auch opferfremde Partikel. Und der Vergleich der opferfremden DNA mit der von Herrn Schäfer heute oral genommenen Probe, bestätigt eine Übereinstimmung! Also erhärtet sich der Verdacht, dass Schäfer der Täter war."

Befremdlich meinte Kommissarin Jasmin: „Soll denn der von Frau Steen gesehene vornehme ältere Herr im Blazer tatsächlich der alte Schäfer gewesen sein? Geht so ein Alter noch ins Puff? Mit Blumen! Und bringt dann eine junge Frau um?" „Ach Jasmin, Männer! Ein gewisser Trieb stirbt bei Männern erst mit dem Tod", klärte Jensen sie auf.

Jager beschwerte sich: „Jetzt erzählen Sie dem jungen Ding nicht so'n Zeug. Helfen Sie uns besser rauszubekommen, welche Veranlassung der hatte, die junge Frau umzubringen."

„Ist ja schon gut Jager. Also, die Frau wurde mit der Bügeleisenschnur erdrosselt. Sie muss sich dabei gewehrt haben. An Armen und Ellenbogen habe ich Blutergüsse festgestellt. Am Rücken fand ich Hautabschürfungen. Wie es dazu kam und welche Veranlassung der Herr dazu hatte, das rauszubekommen, ist ....." Jager fiel ihr ins Wort: „Ja, ja, das ist meine Sache. Und das machen wir jetzt. Jasmin, lass den Mann holen".

Der Verdächtige wurde in den Verhörraum geführt. Kriminal-Hauptkommissar Wolf Jager und Kriminal-Assistentin Jasmin Dupont setzten sich gegenüber dem Verdächtigen an den Tisch. Sie begannen mit der Befragung zu den Vorgängen am 2. Juni in der Goethe-Straße. Sie warfen Herbert Schäfer vor die in Falkenthal unter dem Namen Lee Lotos wohnende Thai-länderin mit einer Bügeleisenschnur erdrosselt zu haben.
Schäfer leugnete die Tat und sagte: „Sie können anhand meines Autokennzeichens höchstens belegen, dass mein Wagen dort war. Aber nicht, dass ich dort war und mit der Nutte zusammengetroffen bin."
Jager entgegnete: „Herr Schäfer, wir haben dafür den DNA-Beweis." Jasmin ergänzte: „Wir können Ihre Besuchs-Absprache mit der Frau für den Tatzeitraum per Sprachvergleich belegen."
Sie holte das Band mit der Sprachaufzeichnung hervor, legte es auf den Tisch und schaltete es ein. „Das ist doch Ihre Stimme!", unterstellte sie ihm.

Herbert Schäfer blieb zunächst still auf seinem Stuhl sitzen, dann sagte er: „Gut, ich hatte mit ihr einen Termin vereinbart und war auch dort. Aber ich habe die Thai-Nutte nicht umgebracht! Dazu hatte ich gar keine Veranlassung. Zumal sie zusagte, alles zu tun, was sie im Internet angeboten hätte. Auf meine Frage ob sie auch auf Wünsche älterer Männer eingehen könne, versicherte sie mir, ich könne ihr vertrauen. Sie habe in Thailand genügend Erfahrung mit älteren Herren sammeln können. Ich könne mich darauf verlassen, dass sie alles dransetzen würde, dass ich höchst zufrieden nach Hause gehen könne. Wissen Sie Herr Kommissar, das war eine so positive Zusage, dass ich ihr sogar noch Fünfzig Euro zusätzlich auf den Nachttisch legte."

Jager fragte: „Und was hatten Sie sich davon versprochen?"

„Ach wissen Sie, junger Mann – es ist schon etwas länger her – und wenn so'n junges Ding es schafft bei einem alten Mann wieder Leben zu erwecken, dann...." Als er sah, dass Jasmin die Augen rollte und dabei leise hörbar: „Alter, geiler Bock!", flüsterte, sprach er nicht weiter.

Der Hauptkommissar beugte sich mit dem Oberkörper zu dem Verdächtigen vor und fragte: „Aber warum haben Sie bei so einer hoffnungs-vollen Aussicht die Frau erwürgt?"

74

„Stranguliert mit einer Bügeleisenschnur!“, präzisierte die Kriminal-Assistentin Dupont.

Geständnis

„Das war ich nicht! Ich bringe doch keine jungen Frauen um“, entgegnete Schäfer laut. Dabei rutschte er nervös auf seinem Stuhl hin und her. Jasmin fixierte den Mann mit verächtlichem Blick und fragte: „Sie sind doch verheiratet. Haben Sie im Bett Probleme mit ihrer Frau?“ „Nein, mit meiner Zweite Frau Hannelore bin ich seit zehn Jahren verheiratet und – obwohl sie zwei Jahre älter ist als ich – führen wir eine glückliche Ehe.“
„Und jetzt werden Sie bald 80 und gehen ins Puff!“, knurrte Jasmin.
HK Jager fragte weiter nach: „Am Tatort fanden wir das Bettzeug sehr aufgewühlt vor. Gab es etwa wilde Fangspiele? Nein, ich glaube eher, dass Sie mit der Dame eine Auseinandersetzung hatten. Und als die Frau wegen des Streits Hilfe rufen wollte, schlugen Sie ihr das Handy aus der Hand. Es flog an den Heizkörper und danach auf den Boden. Zudem war das Telefonkabel aus der Wand gerissen worden. All das lässt nicht auf eine harmonische Romanze schließen.“
Jager wurde energisch und insistierte: „Herr Schäfer. Was ist da passiert?“

Spontan erhob sich Schäfer vom Stuhl und brauste erregt auf: „Nix ist passiert! Rein garnix. Sie verlangte nochmal 100 Euro drauf, weil ich ein ‚problematischer Fall' sei. Gut – da packte mich die Wut und ich wollte ihr eine Ohrfeige geben." „Haben Sie sie geschlagen?" wollte Jager wissen. „Nein, als sie aber mit dem Handy ihren ‚Freund' anrufen wollte, ja, da habe ich ihr das Ding aus der Hand geschlagen."

„Und, wie reagierte die Frau darauf?"

„Sie griff nach dem Telefonhörer und schrie ‚Ich rufe die Polizei.', worauf ich das Telefonkabel aus der Wand riss."

„Weshalb gab es denn die Probleme?" „Ach, ihre ganzen Zusagen waren nichts anderes als hohle Versprechungen! Dabei hatte ich ihr doch mehr als das Doppelte geboten, wenn sie es schafft, mich so zu stimulieren, dass mir mal wieder ein ordentlicher Akt glückt. Das schaffte sie nicht, trotz ihrer Zusage!" Jager hakte nach: „Und? War da Schluss mit dem Zusammenspiel?" Herbert, der Enttäuschte, fuhr fort: „Das Weib rannte laut Hilfe schreiend ins Badezimmer. Ich bin ihr sofort hinterhergelaufen. Im Bad war das Fenster gekippt, so dass alle in der Nach-barschaft das Geschrei hören konnten. Ich wollte ihr den Mund zuhalten, da griff sie sich das Bügeleisen und wollte es mir auf den Kopf schlagen."

„Da haben Sie sich wohl gewehrt?"

„Ja klar. Dabei fiel das Bügeleisen in die Badewanne. Das gab dann zu dem ganzen Geschrei noch einen Knall wie ein Schuss."
„Herr Schäfer, jetzt sagen Sie uns mal wie die Frau in das Kellerloch kam?", wollte Jager wissen.
Der alte Herr rang regelrecht nach Atem. Er antwortete abgehackt: „Die schrie ja weiter. – Und fuchtelte in der Luft herum. – Ich wusste nichtmehr was ich machen sollte. Da habe ich die Bügeleisenschnur genommen und ihr die Schnur um den Hals gelegt..., ach, wär sie doch nur still gewesen."
„Und Sie haben zugezogen, bis die Frau nicht mehr atmete.", resümierte der Kommissar.
Schäfer verneinte es heftig: „Sie schrie nur nicht mehr und bewegte sich nicht mehr. Ich dachte, sie wäre ohnmächtig geworden.",

Ungehalten warf Jasmin ihm vor: „Als Sie bemerkten, dass sie sich nicht mehr bewegte, hätten Sie doch einen Arzt herbeirufen können!"
Schäfer erwiderte aufbrausend: „Hätte, hätte! Gauben Sie, wenn ich einen Arzt gerufen hätte, hätte meine Frau nichts von meinem Besuch im Puff erfahren? Was glauben Sie, was aus meiner Ehe geworden wäre?"
„Ach, Ihre Ehe war ihnen wichtiger als das Leben einer jungen Frau!", empörte sich Jasmin.

Ihr Chef neigte den Kopf zu ihr und sagte: „Lass das, das bringt uns nicht weiter"

Er wandte sich an Herbert Schäfer: „Ohnmächtig! Nicht bewegt! Erzählen Sie uns doch nicht, dass Sie nicht gemerkt hätten, dass die Frau nichtmehr atmete. Geben Sie es doch zu. Sie stellten fest, dass die Frau tot war! Ja? Was haben Sie dann gemacht?"

„Was schon? Es blieb mir nichts anderes übrig, als sie zu verstecken!"

„Ja, die Leiche auf die Seite schaffen! Aus Angst vor ihrer Frau!", kommentierte Jasmin voll Abscheu. Ihr Chef fuhr fort: „Da entdeckten Sie im Boden des Bades den Deckel einer Kellerluke, öffneten das Loch und bugsierten die Tote hinein. War es so?"

Der Täter Herbert Schäfer sah beschämt unter sich und gestand: „Ja Herr Kommissar. So war's".

Hauptkommissar Wolf Jager befahl:
„Abführen!"

Beim Abführen rief Jagers „Mädchen" Jasmin Dupont dem Täter aus Lauteringen noch nach:
„Und ihre Frau erfährt jetzt von mir als Erste, dass Sie im Puff waren und eine junge Frau ermordet haben!".

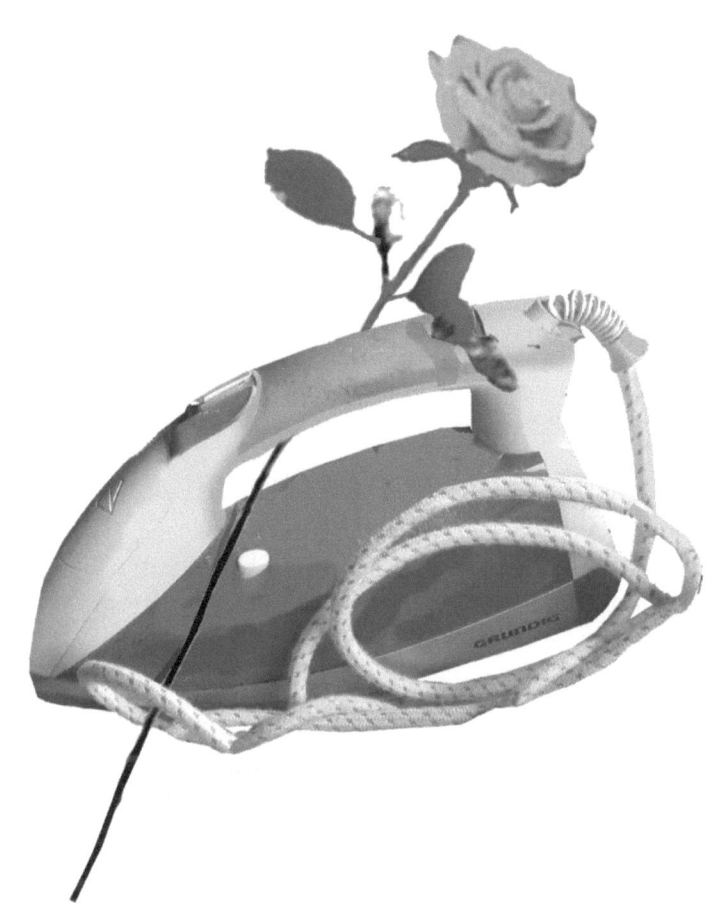

Könnte in Ihrer Straße auch passieren!

Weitere Bücher von Günter Diesel

KOHLENSTAUB UND LUSTFLUCHTEN
Biographischer Roman
204 Seiten, 35 Bilder ISBN 9783739214221

ÖKO ÜBLICH / Der Umweltschützer
Aus dem Leben eines Umweltschützers
35 Geschichten in Versform, 100 Seiten / 50 Zeichnungen
ISBN 9 783732 298884

DIE REISE DES FLAUSCHI WIESSPELZ
Einmal Grönland-Afrika und zurück
Abenteuerliche Reise eines kleinen Eisbären
Ein fast realer Reisebericht für junge Leser ab 6 Jahren.
48 Seiten / 55 Bilder, ISBN 9783748130000

GLÜHWÜRMCHEN und LYONERRATTEN
Aus dem Leben des Kurt
8 Kurzgeschichten in rheinfränkisch-saarländischer Mundart,
mit paralleler Übersetzung ins Hochdeutsche
216 Seiten / 27 Zeichnungen ISBN 9783739215884

DIE BESTEIGUNG DES MOUNT MAYBACH
Heinz Backes auf Tour
Der Bergmann Heinz besteigt mit seinen Kindern und seinem
Hund einen Berg
68 Seiten / 7 Zeichnungen IBSN 9783752 887464

DE BACKES HEINZ UFF'M MOUNT MAYBACH
Vàzehld em Heinz seinà Schbròòch
Erzählung 76 Seiten / 7 Bilder, ISBN (in Arbeit)